KB240754

난처한 **마음**

서현숙 에세이

낮은산

차례

저는 소심한 사람이에요. 열여덟 살쯤이었을까
요? 식당에서 라면을 먹다가 반찬으로 준 단무지를
더 먹고 싶었어요. "단무지 더 주세요."라는 단순한
말을 하기 위해 머릿속으로 서너 개의 시나리오를
돌렸습니다.

'아주머니, 단무지 더 주세요.' 하면 아주머니가
기분 나쁠 수 있겠지? 그러면 '사장님, 단무지 더 있
나요?'라 할까? '사장님'이라는 말이 이상하지 않을
까? '여기요! 단무지 조금만 더 주실 수 있나요?'라
할까? 아니야 아니야. 그릇을 주방 쪽으로 가지고
가서 더 달라고 하는 게 낫겠어.

택시를 타도 마찬가지였어요. '○○아파트 120동

앞이요.', 'OO아파트 정문 앞 부탁드려요.', 'OO아 파트 120동 앞에서 내려 주실 수 있나요?' 남들이 들으면 큰 차이도 없는 말들인데 이렇게 고민하고 서야 말을 할 수 있는 사람이었어요.

저녁마다 후회의 시간을 가졌습니다. 그날 낮에 제가 내뱉은 '말'을 후회하는 시간이었어요. 아, 내 가 왜 그때 그렇게 말했을까. 이렇게 말하지 말고 저렇게 말해야 했는데……. '후회'가 종교였다면 저 는 착실한 신도信徒가 되었을 거예요.

치밀한 계획과 기차 같은 추진력, 포기하지 않는 의지와 실천력, 타인에게 긍정적인 영향을 미치는 원만한 대인 관계. 저는 이러한 것들과는 상당히 거 리가 먼 사람입니다. 인생에 대한 묵직한 교훈을 전 하기 힘든 사람이에요.

선명하게 기억하고 있습니다. 마음에 힘이 하나 도 없을 때, 내 마음이 복구 불가능한 너덜너덜한

걸레처럼 여겨질 때, 도서관 구석 창가 자리에 앉아 힘없이 책을 들추던 기억입니다. 신기하게도 세상의 책들은, 책 안의 활자들은 맞춤하여 사람을 찾아옵니다. 특정한 단어와 구절이 줄지어 제 마음 안으로 걸어 들어오더군요. 그러곤 제 마음을 고요히, 오래도록 바라보고 천천히 쓰다듬어 주었습니다. 괜찮아, 괜찮아 말해 주었습니다.

난처한 마음을 누군가에게 보여 주기 싫고 보여 줄 수 없을 때, 저는 외로웠어요. 살아갈 힘이 약해진 사람, 자기가 마음에 들지 않는 사람, 좋아하는 사람과 마음이 비껴간 사람, 혼자 남몰래 덕질에 빠진 사람, 남들은 다 가진 것 같은 꿈이 없는 사람, 이런 시간을 통과하고 있는 청소년들이 자기의 난처한 마음에 적절한 제목을 이 책에서 찾을 수 있다면, 이 책의 활자들이 누군가의 마음 안으로 총총히 걸어 들어간다면, 그리하여 누군가의 외로운 마음 곁에 잠시 서 있을 수 있다면 저는 기쁘겠습니다.

혼자라고
생각된다면

내가 고등학생이었을 때 이야기야. 수업 시간에 자습서를 토씨 하나 틀리지 않게 읽어 주는 선생님이 있었어. 수업에 성의도 없고 전문성도 없었어. 마음으로 학생들을 품어 주지도 못했고 말이야. 내 마음에서 그 선생님은 어떤 권위도 갖추지 못했어. 한번은 그 선생님 말에 또박또박 말대꾸했더니 선생님이 교단 앞으로 나오라고 하더라.

"너처럼 버릇없는 학생은 처음이야."

그러면서 내 뺨을 제법 세게 때렸어. 인생에서 처음이자 단 한 번 있었던 '싸대기 사건'이었어. 내가 전혀 존경하지 않는 선생님이 날 때렸다는 것에 화가 나서 나는 머리를 묶었던 플라스틱 머리핀을 빼서 교실 바닥에 냅다 던지며 "에이 씨!"를 외치고 교실 밖으로 뛰쳐나갔어.

그때 열여덟 살이었고, 사춘기의 절정이었어. 나는 모든 걸 의심했어. 왜 의무적으로 야간 자율 학습을 해야 하지? 왜 모의고사를 보고 나면 전교 30등까지 적은 명단을 공개적으로 붙이는 거지? 왜 공부 잘하는 학생만 따로 학급을 꾸려 보충수업과 자율 학습을 하는 거지? 왜 교과서의 모든 지식을 달달 외워야 하지? 왜 다른 친구들과 성적 경쟁을 해야 하지? 왜 월요일 아침마다 운동장에서 전교생 조회를 하는 거지? 당연한 건 아무것도 없었어.

무럭무럭 피어나는 의심은 반항으로 이어졌어. 월요일 아침, 운동장에서 전교생 조회를 할 때 거기에 줄 맞춰 서 있기 싫었어. 서 있어야 할 이유를 알 수 없었으니까. 친구와 학교 뒷산으로 도망갈 때가 많았어. 산 중턱 나무 아래에 친구와 쪼그려 앉아서 숲의 공기를 마시고 새소리 들으면서 수다 떠는 월요일 아침이 내겐 더 즐겁더라고. 월요일 아침은 원래 즐겁게 시작해야 하지 않아?

지금은 상상할 수 없겠지만, 그때는 모의고사를 보면 전교 30등까지 이름을 적은 종이를 학교 복도에 붙였어. 그리고 그 아이들만 모아 야간 보충수업을 하고, 새벽 자율 학습을 했어. '심화반'이라는 이름을 붙여서 말이야. 나도 어쩌다 심화반에 들어가게 되었는데, 아침 7시까지 등교해서 한 시간 동안 자율 학습을 해야 했어. 의무 사항이었어. 아침에 교실에 앉아 있으면 친구들 대부분이 꾸벅꾸벅 졸거나 자는 거야. 수면 시간이 부족한 상태니까 당연한 일이었겠지. 이걸 계속 강행하는 선생님들을 이해할 수 없어서 반항심이 부글부글 끓었어. 교실에 아무도 없을 때 심화반 출석부를 쓰레기통에 확 처넣어 버렸어. 심화반에 대한 반항의 표현이었어.

게다가 밤 10시까지 의무적으로 야간 자율 학습에 참여해야 했는데, 나는 그 일방적인 '명령'을 수

궁할 수 없었어. 무단으로 야자를 째는 날이 많았어. 전원 다 자율 학습을 하는 상황이었는데, 가만보니 선생님들은 대체로 빈자리를 체크하면서 출석을 확인하더라. 야자를 째는 방법은 내 책상과 의자를 화장실에 빼 놓고 도망가는 거였어. 그래도 들통나기도 했지만 말이야.

아마 나는 그때 담임선생님 마음을 불편하게 하는 학생이었을 거야. 선생님은 수시로 야자를 빼먹고 도망가는 학생을 불러서 혼도 내고 달래기도 하느라 바빴을 것 같아.

한번은 야자를 째고, 춘천에서 가장 큰 서점이었던 '청구서적'에 갔어. 열여덟 살의 나는 현실 세계를 의심하고 책의 세계로 도망가는 걸 좋아했거든. 헤르만 헤세의 《데미안》에 빠졌던 시기였어. 서점에서 저녁 내내 책을 보다가 집에 돌아간, 나름대로 평화롭고 보람 있는 밤이었지.

다음 날 학교에 갔더니 담임선생님이 교무실로

부르더라. 선생님 표정이 심각했어.

"야, 서현숙! 너 어제 또 야자 안 했니?"

"예."

"너 때문에 머리가 아프다."

"……."

"너 어제 야자 안 하고 어디 갔었니?"

"서점에 갔는데요."

"그래? 서점 가서 무슨 책 봤어?"

"헤르만 헤세 책이요."

"너 야자가 그렇게 싫니?"

"예."

"후……, 앞으로 야자 빠지고 서점에서 무슨 책 봤는지, 책 제목이랑 내용 적어서 나한테 내. 그러면 서현숙 야자 빠지는 거 인정해 줄게."

책 내용을 적어 내면 야자 무단결석을 인정해 주셨냐는 교사는 흔하지 않았어. 교사는 학생의 성실한 학교생활을 지도하는 사람이니까. 더구나 당시는 교과서 외의 책을 인정하지 않는 분위기였지. 오로지 교과서만을! 교과서 외의 책을 읽는 것 자체를 공부로 여기지 않는 학교였고 그런 사회였어. 자율학습 시간에 '책'을 읽으면 혼나고 책을 빼앗겼어. 그런 시대에 몸을 푹 담근 채 살아가는 어른이 나에게 허락한 내용은 대단한 파격이었어.

야자 불참은 늘 꾸중을 듣는 사유였는데, 담임선생님에게 공식적인 인정을 받게 된 거지. 야자를 하지 않았다고 어른이 혼낼 때 난 반항심으로 똘똘 뭉친 아이였는데, 학교의 어른으로부터 허락을 받고 나서 반항심의 농도가 옅어졌어. 더 열심히 서점에 가고 더 열심히 책을 읽어야 할 이유가 생긴 거니까. 만약 야자 불참을 허락해 준 담임선생님을 만나지 못했더라면 뭐가 달라졌을까. 아마 나는 더욱 반항적인 열여덟 살이 되었겠지. 세상과 권위에 대한 무궁무진한 의심이 부글부글 끓다가 부정적인 기운이 뻗쳐 나갔을지도 몰라.

참, 앞에서 이야기했던 '싸대기 사건'은 어떻게 되었냐고? 수업 시간에 말대꾸하며 대들었던 나를, 다른 선생님들도 좋지 않게 생각하는 것 같았어. 소문이 났던가 봐. 나를 대하는 선생님들 표정에서 냉랭함을 느꼈어.

싸대기 사건이 있던 계절은 여름이었어. 더운 공기가 꽉 차서 가만히 앉아만 있어도 땀이 흐르던 여름 저녁에 자율 학습을 하고 있었는데, 담임선생님이 나를 부르더니 아무 말 없이 학교 앞 분식점에 데려가서 떡볶이를 사 주셨어. 그러곤 별말 없이 떡볶이를 드셨어. 나도 별말 없이 떡볶이를 먹기만 했어. 정말 대화가 없었나 봐. 선생님 치아가 좀 안 좋았는지, 앞니로 떡볶이를 끊는 모습이 부자연스러웠던 기억만 나는 걸 보면 말이야. 별말은 없었지만 전해져 왔어. 열여덟 살의 나를 내치지 않는 마음의 힘. 떡볶이만큼이나 빨갛고 더운 마음이었어.

누구에게나 '단 한 사람'이 있어야 해. 세상의 어

른 모두가, 세상의 질서 전체가 나를 험담하고 손가락질할 때도 "나는 너를 믿어." "시간이 좀 걸려도 너는 단단한 사람이 될 수 있어."라고 말하는 단 한 사람. 단 한 사람이 있는 한, 영원한 나락으로 빠지는 영혼은 없다고 생각해.

고개를 옆으로 돌려 봐. 너의 '단 한 사람'이 있을 거야. 시간이 걸리고 길을 좀 돌아서 가더라도 언젠가 자기 삶을 씩씩하게 걸어 나갈 거라고 믿고 있는 단 한 사람. 어쩌면 네가 누군가에게 '단 한 사람'일 수도 있고 말이야.

첫사랑을
시작했다면

"누나, 안녕하세요?"

누구를 부르는 거지? 학교 매점에서 친구랑 떡볶
이를 열심히 먹다가 빨간 양념이 묻은 입술로 고개
를 살짝 돌려 보니 동그란 뿔테 안경을 쓴 남학생이
나를 보고 있었어. 뽀얀 얼굴에 눈은 안경보다 더
동그랗고 연한 민트색이 어울리는 웃음을 짓고 있
었지.

"어, 안녕……하세요? 근데 누구……?"

"만우절 날……."

"아!……."

그제야 생각났어. 만우절에 나랑 5분 동안 짝꿍을
했던 1학년 남자아이!

내가 고등학생일 때는, 만우절이 학교의 큰 행사였어. 만우절이 다가오면 우리는 비밀리에 학급회의를 하고 또 했어. 어떻게 하면 선생님들을 골탕 먹여서 하루 공부를 안 하고 놀 수 있을까를 궁리한 작전 회의였지.

아침 조회 시간에 책상을 교실 뒤쪽으로 돌리고 앉아 있기, 아니면 다 책상에 엎드려 잠든 척하기, 그것도 아니면 아이들 모두 교실이 아닌 매점에 모여 있기, 다른 반 또는 다른 학년 아이들과 교실 바꿔서 앉아 있기, 이런 어마어마한 대작전을 수행했어. 학생부 선생님은 아침부터 방송으로 경고했지.

"오늘 장난치는 학생들은 가만두지 않을 겁니다!! 징계 먹을 각오하세욧!!"

선생님들은 아이들에게 당하지 않으려고 미리 엄포를 놓았지만, 열여덟 살 사람들의 넘치는 장난기를 막을 수는 없었어.

만우절 3교시는 영어 시간이었어. 우리 반인 2학

년 7반 절반을 1학년 7반과 바꾸기로 했어. 여학생은 교실에 남고, 남학생들이 1학년 교실로 가기로 했어. 1학년 7반 남학생들이 우리 반에 오게 되었지. 키득거리면서 교실 이동을 하고, 영어 선생님이 학생들이 뒤바뀐 것을 알아챌까 두근거리는 마음으로 숨죽이고 있었지. 그때 우리 반 아이들 표정이 어땠을까. 아마 웃음을 참느라, 비밀을 감추느라, 숨을 참느라, 얼굴이 잔뜩 바람 넣은 풍선 같지 않았을까.

하지만 영어 선생님은 눈치가 너무 빨랐어. 5분도 채 지나지 않았는데 한 남학생 얼굴을 뚫어지게 쳐다보더니, "어라, 너 1학년이잖아." 했거든. 우리의 깜찍한 거사는 5분 만에 발각되었어. 그때 5분 동안 내 옆에 앉았던 1학년 남자아이, 그 아이가 떡볶이 그릇에 얼굴을 박다시피 하고 있던 나에게 "누나, 안녕하세요?" 하고 인사했던 거야.

그 후 학교 여기저기서 "누나, 안녕하세요?"를 만났어. 계단을 오르다가, 복도 모퉁이를 돌다가, 현관에 들어서다가, 매점에서 뛰어나오다가, 운동장에서 친구와 수다를 떨다가 "누나, 안녕하세요?"를 만났어. 그 목소리는 활기차거나 장난스러운 목소리가 아니었어. 중저음의 나지막한 목소리였지.

한번은 복도를 걸어가는데 뒤에서 목소리가 들려왔어. "누나, 안녕하세요?" 만우절의 그 아이였어. 주섬주섬 주머니에서 뭘 꺼내어 주더라. 손바닥 크기로 접은 종이였어. 교실에 돌아와 책상 아래서 몰래 펼쳐 보니 수채화 물감으로 그린 연두색 나무 한 그루 아래 "누나 생각이 나는 나무여서 그렸어요." 라는 짧막한 글이 쓰여 있었어. 흰 종이에 그린 나무 한 그루, 수채화 물감의 맑고 담백한 빛과 옅은 그늘이 내 마음으로 번져 오는 듯했어. 그리고 궁금했어. 내 생각이 나는 나무는 어떤 나무일까. 나무를 보고 왜 내 생각을 했을까.

우리는 학교에서 우연히 마주치면 "안녕하세요?" 와 "안녕?"을 나눴어. 솔직히 말해서, 나는 볼일도 없으면서 2층 복도를 일부러 지나가고는 했어. 2학년 교실은 3층에 있어서 1층 현관에서 계단으로 곧장 3층으로 올라가면 되는데, 2층에서 복도를 끝까지 걸어가 3층으로 올라가는 우회로를 선택하고는 했어. 왜 그랬는지 눈치챘지? 1학년 교실이 2층에 있었거든.

가을밤이었는데, 야간 자율 학습 중간에 몰래 나와 그 아이와 만나서 학교 앞 주택가 골목을 걸었던 적이 있었어. 안개가 잔뜩 끼어 동네 골목이 온통 다 뿌옜어. 무슨 말을 했는지는 잊었는데, 그 아이가 불러 주었던 노래만 기억하고 있어. 이문세의 '시를 위한 시'라는 노래였어.

바람이 불어 꽃이 떨어져도 그대 날 위해 울지 말아요.
내가 눈 감고 강물이 되면 그대의 꽃잎도 띄울게.
나의 별들도 가을로 사라져 그대 날 위해 울지 말아요.
내가 눈 감고 바람이 되면 그대의 별들도 띄울게.

그해에 이문세 노래가 엄청 인기였거든. 우리 사이는 그냥 별일 없었어. 그 아이가 가끔 나에게 강을 그려 주고, 어린 왕자가 사라진 사막도 그려 주고, 크리스마스 때는 직접 그려서 만든 크리스마스 카드를 주었어. 그저 "누나, 안녕하세요?"의 계절이 조금 길었어. 학교 곳곳에서 "누나, 안녕하세요?"를 만났고, 언제라도 어디에서라도 "누나, 안녕하세요?"가 들려오는 것만 같았고, "누나, 안녕하세요?"를 기다렸던 것 같아.

내가 한 학년 위여서, 먼저 고등학교를 졸업하게 되었어. 학교 밖에서 만나자는 약속을 딱 한 번 잡았어. 내가 대학에 합격한 이후였는데, 시청 앞에서 만나기로 한 거야! 추운 겨울이었고, 시청 앞 스무 번째 나무 앞에서 만나기로 약속했어. 낭만적이지? 그런데 현실은 낭만적이라기보다 혼란스러웠어. 약속 시간보다 30분이나 일찍 도착했는데, 시청 앞부터 시내까지 가로수는 끝없이 줄지어 서 있어서 도

대체 어디부터 나무를 세어야 하는지 알 수가 없었
어. 시청 근처에서 기다리면 되었을 텐데, 나는 좀
당황스러웠고 짜증이 나더라. 어느 나무 앞에 서 있
어야 할지 결정할 수가 없었으니까. 그래서 그냥 집
에 와 버렸어.

그렇게 싱겁게, 허무하게 끝나 버렸냐고? 1년인
가 2년 뒤에 한 번 더 만났어. 그 아이가 군대에 가
기 직전이었어. 만나서 서로의 대학 생활을 화제로
이야기도 하고 맥주도 한잔하고, 그 아이가 집 앞까
지 나를 바래다주었어. 헤어지기 전에 그 아이가 이
러더라.

"누나, 한번 안아 봐도 돼요?"

굉장히 당황스러운 제안이었는데, 아주 재빠르게
판단이 되더라. 우리는 앞으로 안 만나게 될 것 같
다는 느낌이 들었어. 지금까지 서로 일정한 거리를
둔 사이였는데, 마지막에 포옹을 한다는 건 안 어울
리는 일 같았지.

"아니, 너랑 안 안아 볼래. 군대 잘 다녀와."

"네에……, 누나도 잘…… 지내세요."

좋아한다는 감정은 정답이 없는 것 같아. 그리고 사랑 이야기는 어떤 교훈도 없고, 없는 것이 자연스러운 일이라 생각해.

근데 누군가를 좋아하고 있는 시간은 너무 특별하지 않아? 학교 어디에서라도 "누나, 안녕하세요?"가 들려올 것 같은 그 시간에, 나는 학교에 가기 싫은 날이 없었어. 건조하고 생기 없는 시멘트 덩어리 학교 건물이 나에겐 두근거리는 공간이 되었으니까 말이야. 누군가를 좋아하고 있는 시간은 우주가 나에게 주는 '선물'이야.

자, 선물 받아!

꿈이
없다면

현재 내 직업은 국어 교사지만 고등학교 시절에 난 국어를 싫어했어. 당시 국어는 거의 암기 과목이었어. 공부라는 것이 원래 이해와 암기 요소를 지니고 있기는 하지만 그때 국어 공부는 암기가 95퍼센트 정도였던 것 같아.

지금은 여러 출판사에서 국어 교과서를 만들고, 학교는 그중 하나를 선택해서 수업을 하잖아. 교과서에 수록된 텍스트의 다양성이 존재하는 시대인 거지. 또 공부하거나 학력 평가, 수능을 볼 때 다양한 작품이나 글을 만날 수밖에 없는 환경인 거고 말이야. 현재 '국어'는 암기가 절대적이지는 않은 과목이라는 뜻이야.

그때는 전국 고등학생이 사용하는 국어 교과서가 단 한 종류였어. 믿어져? 한 교과서에서 학교 정기고사를 출제하고 모의고사와 수능(당시는 학력고사) 문제 대부분이 출제되다 보니, 학생들의 국어 교과서는 온갖 세세한 필기로 가득했어. 본문 분량보다 필기 분량이 더 많았던 것 같아.

심지어 교과서에 실린 작품을 외우기도 했어. 현대시나 고전시가를 외우는 것은 기본이고, 기미독립선언문과 길고 긴 관동별곡도 줄줄 외웠어. 국어 성적이 나쁘지는 않았지만 국어를 좋아할 수 없었어. 작품을 감상하는 즐거움, 글을 비판적, 창의적으로 읽는 즐거움이 없었으니까.

딱히 좋아하는 과목도 없었어. 헤르만 헤세의 작품을 좋아하고 그가 독일인이니, 독일어를 배우는 학과에 가 볼까. 전혜린 작가를 좋아하는데 이 작가 또한 독일 유학을 했다고 하니, 정말 독일어 관련 학과에 확 가 버릴까. 이런 막연한 의욕과 호기심만 가졌을 뿐이었어.

고3 때 입학 원서를 쓸 대학과 학과를 빨리 정하라고 담임선생님이 압박하기 시작하고야 조금 진지하게 고민했어. 그래, 독일어에 대해 관심을 가진걸 보니, 새롭고 낯선 언어를 배우고 싶은가 보구나. 이런 짐작으로 자기 이해를 했고, 결정을 했어. 자음과 모음조차 모르는 러시아어과에 가야겠다! 내 인생의 첫발을 결정했어! 고민 끝.

이렇게 러시아어과에 갈 뻔했는데, 고1 때 담임선생님이 야간 자율 학습 시간에 예고 없이 나를 교무실로 불렀어.

"현숙아, 너 대학 어디 갈 거니?"

"(단호하게) 저 러시아어과에 가려고요."

"(어이없는 표정으로) 아니, 갑자기 러시아어과는 왜?"

"모르는 언어를 배우는 과에 가고 싶어요."

"내가 보기에 너…… 문예창작과나 국문과에 가

면 좋을 것 같은데, 어떠니?"

"문예창작과요? 왜요?"

"너는 글을 쓰면 좋을 것 같아."

"저는 글을 쓰고 싶은 생각이 조금도 없는데요."

"그러면 일단 국문과에 가서 문학 작품들도 많이 읽고 다른 공부도 해 보면 어떨까. 너는 그쪽이 맞을 것 같은데……."

"생각해 볼게요."

고3도 아닌 고1 때 담임선생님의 뜬금없는 조언이 내 마음을 흔들었을까? 응, 흔들었어. 지나고 생각해 보니, 당장 대입 원서를 써야 하는 시기의 내 마음을 분석하면 99퍼센트는 불안이었을 거야. 알 수 없는 세계의 문을 열고 낯선 세계로 떠나야 하는 시기잖아.

정확한 건 아무것도 없던 때, 누가 "넌 (   )을 잘할 거야. 넌 (   )에 재능이 있어."라고 말해 준다면, 그 사람이 누구든 그 말에 솔깃하게 될 거야. 인생

이 진퇴양난에 빠졌을 때 역술인을 찾아갔다고 쳐
봐. 그 사람이 열흘 뒤 귀인이 찾아와서 해결될 거
라고 한다면, 일단 열흘 뒤에 올 귀인을 기다려 보
는 마음과 같아.

아무튼 그렇게 국문과와 비슷한 국어교육과에 대
책 없이 가게 되었어. 고1 때 담임선생님 말씀대로
다양한 문학 작품을 읽는 것은 즐거웠어. 너무 즐거
워서 학교에 가지 않고 집에서 책만 읽었던 적도 종
종 있었어. 하지만 학과 공부는 별로 즐겁지 않았어.
교수님들의 강의 내용보다 서점과 도서관에 꽂힌
책들이 들려주는 이야기가 더 매력적이었어.

대학교 3학년 때였나, 고1 때 담임선생님이 해직
되었다는 소식을 들었어. 전교조 해직 교사의 복직
을 추진하는 일을 하다가 본인이 해직을 당하셨다
는 거야. 선생님이 국어교육과에 간 나에게 "임용고
시에 붙어서 학교에서 동료 교사로 만나자." 했는데
해직으로 교단을 떠나셨어.

내가 임용고시에 떨어져서 교사가 되지 못하면 선생님이 얼마나 실망하실까. 그런 상황을 만들어서는 안 되겠다는 생각이 마음 정중앙에 쿵, 내려앉았어. 해직된 선생님에게 '임용고시 합격'이라는 선물을 드리고 싶은 마음을 가지게 되었어. 이 마음은 열심히 시험 준비를 하게 했던 동력 중 하나가 되었지.

내가 국어 교사가 된 이유를 분석하면 무계획 49퍼센트에 즉흥성 47퍼센트가 아닐까. 나머지 4퍼센트는 나도 모르는 일이고 말이야. 물론 미래에 대한 비전을 갖고 치밀한 계획을 수립한 뒤 차곡차곡 준비하고 실천하는 인생도 있어. 또 인생의 어느 시간에 갑자기 불어온 바람에 마음이 휘청, 흔들려서 생각지도 못했던 길에 들어서게 될 수도 있어. 누군가를 생각하는 마음으로 어떤 일을 열심히 하게 될 수도 있고 말이야.

내 인생을 무계획과 즉흥성으로 표현하기는 했지만, 사실 내가 좋아하는 일 그리고 재미를 느끼는 일에 늘 빠져 있었어. 헤르만 헤세와 전혜린의 책에 밑줄을 긋던 시간, 도서관과 서점에서 책이 들려주는 이야기에 귀를 기울이던 시간이 '지금'의 시간으로 나를 이끌었던 것이겠지.

그러니 자신이 좋아하는 일은 언제나! 가장! 중요해. 좋아하는 일에 골몰하는 시간이 새로운 길을 만들어 줄 거야.

하고 싶은
일이
생겼다면

그 순간, 위기감을 느꼈어. 대학교 3학년이 끝나가는 겨울방학이었는데 학생 식당 앞에서 같은 학과 친구들 네다섯 명을 만났어. 그 친구들은 도서관에서 임용고시 공부하다가 점심 먹으려고 학생 식당으로 오는 중이었고, 난 사범대학 교지 편집실에서 원고를 다듬다가 학생 식당으로 가는 중이었어.

대학교 2학년 때 교지 편집위원회에 들어갔는데, 그해에는 여러 가지 사정으로 교지가 나오지 못했어. 3학년 때 편집위원장이 되긴 했는데, 교지 만드는 과정을 보고 배우지 못한 편집위원장이었던 셈이었어.

책 한 권, 아니 소책자 하나 만들어 본 적 없던 내

계획은 3학년 겨울방학, 그러니까 12월 말까지 교지를 발간해 놓고 다음 해 1월부터 임용고시 공부를 시작하는 거였어. 국어교육과를 다니고 있었고, 국어 교사가 되어야겠다고 결심했거든.

교지 편집은 해 본 적 없는 일이었는데 겁 없이 덥석 발을 들여놓고 시작했어. 용감했다기보다 '몰라서'였을 거야. 만드는 과정도 몰랐지만 그 일의 어려움과 막막함도 몰랐던 거지. 아마 책 한 권 만드는 일을 조금 만만하게 생각했던 것 같아.

200여 페이지밖에 안 되는 책이니까 금방 될 줄 알았어. 적절한 필자를 찾아서 원고를 청탁하는 일, 원고를 받고 다듬는 일, 책에 들어갈 사진을 찍거나 찾는 일, 직접 기획하고 원고를 쓰는 일. 모두 다 '시간'이 어마어마하게 걸리는 일이었어. 하루아침에 될 수 없는 일이었고 내 마음이 급하다고 해서 빨리 당겨서 할 수도 없는 일이었던 거야.

한 해가 끝났고, 새해 1월이 되었어. 공부를 시작

해야 한다는 마음이 급했지만 만들던 책을 내팽개치고 도망갈 수는 없으니 후배 편집위원 서너 명과 밤을 새우기 일쑤였어. 지금은 컴퓨터를 이용해서 원고 분량을 쉽게 알 수 있지만 당시는 책 한 쪽에 들어갈 글자 수를 직접 세어야 했어. 친구들이 공부할 때 나는 원고의 글자 수를 세느라 바빴어.

이런 상황이었을 때, 학생 식당 앞에서 같은 학과 동기들을 만난 거야. 이미 친구들은 임용고시 공부를 하고 있었고 시험 준비를 위해 학원까지 다니고 있었는데, 나는 공부는커녕 교지에 들어갈 원고를 다듬느라 여념이 없었고 말이야. 아, 이러다가 임용고시 공부를 제대로 못 하겠구나. 위기감이 마음을 방문한 날이었어.

결국 교지는 3월 중순이 되어서야 나왔어. 1, 2월에 임용고시 공부는 시작도 못 한 기가 막힌 상황인 거지. 더구나 4학년에도 채워야 할 학점이 많았어. 해 놓은 공부는 없는데, 공부할 시간도 없었어. 아무것도 없이 그저 임용고시에 꼭 붙고 싶다는 마음만 있었어. 그것도 단 한 번에 붙고 싶은 마음 말이야.

피그말리온 효과, 알아? 긍정적인 기대가 긍정적인 결과를 가져온다는 이론이야. 그리스 신화에 나오는 조각가 피그말리온은 아름다운 여인상을 조각하고, 이 여인을 사랑하게 되었어. 아프로디테 여신이 이 사랑에 감동해서 여인상에게 생명을 불어넣었다는 이야기에서 비롯된 말이야. 긍정적인 기대가 결과에 영향을 미친다는 것을 보여 주는 거지.

4학년 3월이 되어 뒤늦게 시작한 공부였지만 매일 공부를 시작하면서 공책에 썼어.

'나는 마음을 먹으면 할 수 있는 사람이다. 집중의 힘을 믿는다. 나는 집중할 수 있는 사람이다.'

이런 말을 제법 진지한 마음으로 쓰고 읽으면서 공부를 시작했어. 이 말의 기운을 내 안에 불어넣었어. 나에겐 주문과도 같은 말이었고, 마법의 말이 되기를 바랐어. 지금 보니 참 별거 아닌데, 당시는 절실한 마음을 담아 전적으로 의지한 말이었어.

그해는 내가 살아오면서 가장 열심히 집중하던 시기였어. 다른 사람들이 100시간을 공부에 쓴다면 나는 50시간밖에 없으니까 남들보다 몇 배 이상 집중해야 한다고 생각했어. 나는 집중할 수 있고 힘을 쏟아 낼 수 있는 사람이라고 긍정적인 기대를 했고 그 기대가 나에게 힘이 되어 주었어.

공부하면서 나를 관찰해 보니 규칙적이고도 반복적인 리듬이 중요하더라고. 6일 동안 공부하다가 하루를 놀면, 다음 날 공부 리듬을 회복하는 데에 에너지가 많이 든다는 걸 알았어. 공부 리듬을 회복할 때 힘드니까 딴생각이 나더라고. 하기 싫어지고 놀고 싶은 마음이 생기는 거야. 그럴 때 나를 이해하려고 노력했어. 음, 회복하느라 힘들구나. 내가 애쓰고 있구나. 이렇게 말이야. 무엇을 이루기 위해 노력하는 동안 내 몸과 마음을 내가 보살펴야 한다는 것을 알게 되었어.

어떤 분야의 공부를 처음 시작할 때는 먼저 머리에 지도를 그리려고 노력했어. 예를 들어 교육사회학 교재를 볼 때 처음엔 목차를 머리에 넣고, 책 한 권을 최대한 빠른 시간에 통독한 다음에, 다시 몇 번 반복해 읽으면서 점점 더 세부적인 것을 공부해 나가는 방법이었어. 머리에 큰 틀을 잡아 놓고 자세한 것들을 익혀 나가는 방법이 도움이 되었어.

또 내 일상을 공부로 디자인했어. 오늘 공부한 내용을 집에 걸어가면서 요약해서 말해 보고, 집에서 샤워하면서, 밥을 먹으면서, 머리카락을 말리면서 다시 내용을 떠올려 보고 외웠어.

나에게 자잘한 상도 자주 주었어. 오늘 하루 열심히 공부했으면 집에 가면서 좋아하는 음악을 선물했고, 일주일 성실하게 공부했으면 맛있는 김치전을 선물했어. 그때 나는 달고나를 좋아했거든. 나에게 주는 상으로 집에서 국자에 달고나를 하다가 국자를 까맣게 태워 먹고 엄마에게 혼난 적도 있어.

물론 게으름을 피우고 한없이 늘어질 때도 있었지. 그럼에도 나를 향한 긍정적인 기대가 바탕에 있었던 덕에 다시 힘을 내고 리듬을 회복해서 공부할 수 있었다고 생각해.

말하고 보니 참 평범한 이야기지 뭐야. 하지만 스물두 살의 나처럼 남들보다 늦게 시작했지만 뭔가를 꼭 이루고 싶은 친구가 있을 거야. 그 친구에게 집중의 기운을 몰아주고 싶어. 자기만족적 예언의 힘을 보내고 싶어. 깨알만 한 보탬이라도 되면 참 좋겠어.

그해 임용고시에 딱 붙었어. 아무튼 살아가면서 중요한 일 앞에 서게 된다면, 다른 누군가가 아닌 자신을 믿어야 해. 우주에서 가장 씩씩한 기운을 자기에게 몽땅 몰아주어야 해.

연애가
힘들다면

"솔잎 끝에 매달린 이슬 같아."

그 사람이 나에게 한 말이었지. 이 말이 나쁘게 들리지는 않았어. 나를 향한 호감의 표현으로 여겨졌고 가슴이 두근거리기 시작했어.

늦가을이었어. 길에 줄지어 선 은행나무가 온몸 가득 샛노란 잎들을 매달고 서 있는 모습이 도시 곳곳에 환한 등불을 켠 듯한 토요일 오후였고 말이야. 친구 유화가 전화를 걸어왔는데 당황한 목소리였어.

"현숙아, 너 지금 시간 있니?"

"어, 바쁘지는 않아. 왜?"

"서울에 사는 친구가 자기 친구 둘을 데리고 춘천

에 놀러 오기로 했거든. 근데 갑자기 못 오게 되었다는 거야. 그중 한 명만 혼자 오게 되었대."

"그런데 뭐가 문제야?"

"혼자 오는 사람이 남자고, 내가 모르는 사람이야. 너무 어색할 거 같아서⋯⋯. 너 시간 되면 셋이 같이 만날래?"

이것이 그 사람과 만나게 된 이유야. 친구랑 그 사람 그리고 나, 이렇게 우연한 조합으로 만나게 된 사람들끼리 뭘 했더라. 춘천은 닭갈비의 고장이니까 일단 닭갈비를 먹었어. 철판에 닭갈비를 볶아 먹고 나서 밥이나 국수를 볶아 먹는 거 알아? 우리도 밥을 볶았어. 밥을 볶으면 철판 바닥에 양념 된 밥이 누룽지처럼 눌어붙어. 그게 엄청 맛있는데 처음 만난 사람 앞에서 주걱으로 그걸 박박 긁기는 민망하잖아. 속으로 '아, 밥 너무 아깝다.' 하고 있었는데, 그 사람이 주걱을 들고 일어나더니 눌어붙은 밥을 한 방에 긁어서 친구랑 나에게 주었어. 큰 주걱으로 눌어붙은 밥을 힘차게 긁는 그 사람이 정말 멋져 보였어.

그때 나는 스물다섯 살이었어. 친구 유화가 그 사람을 '철이 형'이라 부르길래 나도 덩달아 그 사람을 '철이 형'이라 부르게 되었고, 이후 나와 철이 형은 유화를 빼고 둘이 만났어. 사귀게 된 거야.

나는 강원도에서, 철이 형은 서울에서 직장 생활을 했어. 주말마다 강원도에서 서울에서 또는 강원도와 서울의 중간쯤에서 만났어. 만났다가 헤어질 때는 아쉬워서 눈물이 났어. 마음으로 짐작했어. 어쩌면 나는 철이 형과 결혼하게 될 수도 있겠구나.

철이 형과 만난 지 1년 정도 되었을 때였나, 철이 형이 나에게 메일을 보냈더라. 헤어지자는 것이었어. 헤어지자고 할 때는 이유가 있겠지? 나랑 계속 만나도 감정이 '발전(?)'하지 않는다는 것이 이유였어. 간단하게 말해서 철이 형이 나를 찬 거야. 나는 차인 거고.

믿을 수가 없었고 받아들일 수가 없었어. 지난주에도 기차에서 나란히 앉아 가면서 내 손을 잡던 사람이 어떻게 마음이 변할 수 있지? 그럴 리 없어. 얼마 전에 나에게 좋아한다고 말했잖아. 믿을 수 없어. 시간이 조금 지나면 우리 사이는 다시 좋아질 거야. 마음이라는 것이 그렇게 쉽게 변할 리 없어.

부끄럽게도 나는 산뜻하게 이별하지 못했어. 그 사람 마음이 다시 내게 돌아올 거라 믿었기 때문이었어. 계속 편지를 보내고, 전화를 하고, 만나기도 했어. 철이 형이 나에게 이별 선언을 한 뒤에도, 우리는 반년 정도 연락을 주고받고 만났어. 만나더라도 언제나 결론은 헤어지자는 것이기는 했지만 말이야.

철이 형이 처음 나에게 헤어지자고 했을 때는 1월 추운 겨울이었는데, 우리가 마지막으로 만난 건 그해 7월 더운 여름이었어.

얼마 뒤 시내버스를 타고 가고 있는데 버스 기사

님이 틀어 놓은 라디오에서 노래가 나왔어. 김광진
이 부른 '편지'였어.

여기까지가 끝인가 보오. 이제 나는 돌아서겠소.
억지 노력으로 인연을 거슬러 괴롭히지는 않겠소.
하고 싶은 말 하려 했던 말 이대로 다 남겨 두고서
혹시나 기대도 포기하려 하오. 그대 부디 잘 지내시오.

울음이 터졌어. 옆 사람이 쳐다보는지도 모르고
펑펑 울었어. 버스에서 대중가요 듣고 펑펑 우는 사
람이 나였고, 그제야 받아들였어. 이제 우리는 더
이상 '연인'이 아니구나. 다시 만날 일이 없겠구나.
서로를 애틋하게 여길 일은 없겠구나.
　그로부터 1년도 채 지나지 않아 철이 형의 결혼
소식과 아내의 출산 소식을 유화를 통해 전해 들었
어. 철이 형은 나와 우호적인 감정으로 만났지만,
정작 결혼하고 싶은 사람은 따로 있었던 것 같아.

이별에 당면한 내 자세는 그야말로 찌질했어. 타인에게 말하기 창피할 정도였지. 여기서 최초로 공개하는 거야. 헤어지자는 제안을 산뜻하게 받아들이지 못했고, 그 사람의 마음이 변할 리 없다는 믿음 하나로 반년이나 연락을 하고 매달렸으니 말이야. 지금 생각하니, 내가 '사람'이어서 그랬어. '마음'을 지닌 사람이니까, 칼로 마음을 단숨에 잘라내지 못하고 오래도록 마음을 그 사람에게 두었어. 거두지 못했지. 마음이 걸어온 길을 하루아침에 지울 수는 없으니까.

우리가 누군가와 사랑에 빠졌을 때 손익분기점을 계산하지는 않아. 나중에 헤어질 수도 있으니 마음의 50퍼센트만 주겠다거나, 내가 50퍼센트를 주었으니 그이의 마음 60퍼센트를 받아야겠다거나 하는 계산을 하지 않잖아. 그걸 계산하고 사랑에 빠진다면 그건 사랑이 아니라 '비즈니스'겠지. 누군가를 좋아할 때는 서로를 좋아하는 마음이 영원하리라 믿는 것이 사람의 특성인 것 같아. 물론 영원히 지속되는 마음은 없지만 말이야.

이필원 작가가 쓴 소설 《내가 좋아하는 사람이 나를 좋아하는》에는 내가 좋아하는 사람이 나를 좋아하는 것은 우주의 기적이라는 말이 있어. 지구에 존재하는 무수히 많은 사람 중에서 내 마음을 설레게 하는 사람을 만난 것만으로도 절반의 기적을 이룬 거야. 세상 누구와도 비교할 수 없을 정도로 특별하게 여겨지는 사람을 만났잖아. 그 사람도 나를 좋아한다면 나머지 절반을 채운, 완벽한 기적이겠지.

100퍼센트를 채우지 못한 절반에 그치는 기적이어도 너무 상심하지 않았으면 좋겠어. 그 사람을 좋아하던 시간에 자신의 몸과 마음을 가득 채웠던 감정들이 있잖아. 설렘과 기쁨, 즐거움과 두근거림, 또 아쉬움과 서운함, 실망과 슬픔 말이야. 다채로웠던 감정의 빛깔이 저마다의 인생에 고유한 무늬와 빛

을 만들지 않을까. 앞으로 걸어갈 세계에 아름다운
무늬와 빛깔을 드리울 거야.

처음 하는
일이어서
걱정된다면

스물세 살 되던 해 4월, 국어 교사로 첫 발령을 받았어.

초등학교와 중학교는 물론, 고등학교, 대학교까지 나는 집에서 학교에 다녔어. 직업이 생겼다는 것의 가장 큰 의미는 드디어 집을 나갈 수 있다는 것, 독립하게 된다는 것이었어. 강원도 교사의 첫 발령지는 대체로 정선, 평창, 영월, 이런 시골 지역이야. 우리 집은 강원도 도청 소재지인 춘천이거든. 첫 근무를 춘천 지역의 중·고등학교에서 시작할 일은 없을 테니까, 난 당연히 집을 떠나 살게 될 거라고 막연하게 예상했어.

먼저 내 방의 책상을 버렸어. 그렇지 않아도 작은

방이었는데, 철제 책상이 한편에 떡 버티고 있으니 방이 더 비좁아 답답했거든. 이제 집에서 공부할 일은 없으니 책상을 먼저 버렸지. 책상을 들어내고 나니 방이 한결 더 넓어진 것 같더라고. 아직 어디인지 알 수 없는 그곳에 발령받아서 방을 얻으면 구닥다리 철제 책상 말고 나무로 만든 예쁜 책상을 새로 살 꿈도 꾸었어.

종이 상자를 하나 얻어 왔어. 이제 밥도 혼자 해 먹어야 할 테니까 그릇이랑 숟가락, 젓가락이 필요하겠지? 부엌 찬장에서 밥그릇, 국그릇도 두 개씩 꺼내어 깨지지 않게 종이에 둘둘 말아서 상자에 넣었어. 두 개를 넣은 이유는 친구가 오면 같이 밥을 먹어야 하니까. 숟가락도 젓가락도 포크도 두 개씩 챙겨서 넣었어. 물론 라면 끓일 작은 냄비도 하나 넣어 두었지.

다른 상자에는 내가 좋아하던 최승자 시인과 김수영 시인의 시집 같은 책들을 넣었고, 일기장도 넣고, 양말, 티셔츠, 바지와 치마 몇 벌과 작은 사진 액자도 하나 넣었어. 두서도 없고 체계도 없는 짐 싸기였지만 독립을 꿈꾸면서 상자에 뭔가를 하나씩 넣을 때마다 즐거움의 총량이 늘어났어. 부모님이 만든 세계가 아닌 내가 새롭게 만들어 갈 세계가 눈앞에 보이는 듯했어.

가족과 밥을 먹다가도 입만 열면 "난 곧 독립할 거니까……"를 입에 달고 살다시피 했어. 엄마와 아빠, 언니와 오빠는 '쯧쯧쯧, 밥도 할 줄 모르고 아무것도 할 줄 모르는 저 철없는 막내를 어쩌나…….' 하는 표정으로 봤지만, 나는 마냥 좋았어. 흐흐흐, 난 곧 독립할 거니까.

드디어 발령이 났어! 홍천군에 있는 농업고등학교로! 홍천은 춘천에서 불과 40킬로미터 떨어진 곳이야. 시외버스가 수시로 오가는 곳이고, 버스 타면 40분 정도밖에 안 걸리는 지역이야. 나랑 같이 발령이 난 동기들 중 한 명은 정선으로, 다른 한 명은 속초로 가게 되었더라고. 이게 웬 날벼락이니? 나 독립해야 하는데 버스로 40분밖에 안 걸리는 곳이라니 말이야. 독립의 꿈은 날아가는 건가.

포기하지 않고 근무할 학교에 미리 가 보았어. 춘천에 사는 선생님들은 대부분 그냥 출퇴근을 하고 있더라. 방이나 집을 얻어 홍천에서 생활하는 사람은 한 명도 없다는 거야! 오 마이 갓!

결국 상자 안에 넣었던 옷과 밥그릇과 숟가락, 젓가락을 다시 꺼냈어. 책도 꺼내서 다시 책장에 꽂았어. 책상은 이미 내다 버렸으니, 구석에 접어서 넣어 둔 여분의 밥상을 꺼내어 책상으로 써야 했어. 내 독립의 꿈은 저 멀리 날아가는 파리처럼 사라져 버리고 만 거지.

첫 출근을 앞두고, 무척 긴장했어. 홍천농업고등학교 학생들이 드세고 불량스러울 것 같다는 예감이 들었거든. 여중과 인문계고등학교, 사범대학의 국어교육과를 다닌 나에게 '농고'라는 세계는 낯설고 두렵기까지 했어.

4월 7일, 첫 출근 하던 날이었어. 시내버스를 타고 학교 앞 큰길에서 내렸지. 거기서부터 학교 정문을 향해 걸어가던 시간을 지금도 기억하고 있어. 난 쫄아 있었고, 지나가는 남학생들이 나를 쳐다봐서 더 쫄았고, 그 아이들이 날 보고 웃어서 제정신 아니게 쫄았어. 걸어서 3분 거리였는데, 마치 30분은 걷는 것 같았어.

2학년 국어 수업에 들어가게 되었는데, 어느 학급은 학생이 열세 명이었어. 입학 당시 정원 미달이었던 거지. 더구나 열세 명 중에서 남학생 셋이 스무 살이었어. 난 스물세 살이었는데 말이야! 학생들은 나에게 자꾸 몇 살이냐고 물었고, 나는 그때마다 마흔세 살이라고 뻥을 쳤어.

아무리 뻥을 쳤어도 그때 그 학생들은 아마 내 나이를 짐작했을 거야. 다른 선생님들에 비해 얼마나 어설펐겠어. 얼마나 순진하고 어리바리했겠어. 모를 리가 없었을 거야. 다른 학교에 다니다가 자퇴하고 농고에 재입학해서 나이가 많던 그 학생들이 어리 바리한 나에게 못되게 군 적은 없었어. 반항하려 들 었더라면 내가 정말 어쩔 줄 몰랐을 텐데 말이야.

교사 생활을 시작하고 보니, 내가 예상하지 못했 던 업무도 많더라. 그중 하나가 서류 정리였는데, 그때는 종이 서류를 파일에 순서대로 분류해서 묶 고 손 글씨로 문서의 제목을 써서 목록으로 만들어 문서와 함께 보관했어.

그 일을 하면서 나의 특성을 새롭게, 처음으로 발 견했어. 내가 서류 정리를 못하고, '정리'라는 개념 이 뇌 속에 아예 없다는 거였어! 서류를 종류별로 나눠서 각각의 파일에 넣고 목록을 작성해야 하는 데, 나는 서류를 그냥 서랍에 넣어 두었어. 누가 그 서류를 찾기라도 하면 땀을 삐질삐질 흘리면서 찾 는 불상사가 자주 일어났어. 학생일 때도 나는 유인

물을 과목별로 나누지 못했어. 모든 과목을 그냥 한꺼번에 가방에 넣어서 가지고 다녔더라고. 직장 생활을 여러 해 하다 보니, 이제 서류 분류 정도는 할 수 있는 사람이 되었어. 필요에 의해 길러진 능력이겠지?

게다가 나는 타인이 나에게 이래라저래라 하는 걸 아주 싫어했어(지금도 싫어해). 시험 문제를 내고 문제의 정답을 쓴 서류를 작성해서 제출할 때, 나는 정답 번호에 ∨표를 했거든. 시험 담당 교사가 ∨표를 ○표로 다 바꿔서 내라고 하면서 내 책상에 시험지를 던지듯이 내려놓는데, 그때 자존심이 많이 상했어. 나에겐 ○표와 ∨표의 차이가 없었거든. 더구나 시험지를 던지듯이 주는 전달 방식이 불쾌했어.

이것 외에도 '학교'라는 직장은 큰 의미 없는 일을 획일적으로 맞추고 강요하고 지시하는 분위기였어. 답답할 때가 많았지. 내 마음이 직장에 적응하지 못했고, 이 때문에 교사 일을 그만두고 싶다는 생각을 하던 첫해였어.

이듬해는 2학년 담임을 맡았어. 우리 반 인원은 열한 명이었어. 신규 교사인 데다가 노련하지 못한 나를 배려해서 인원이 적은 반 담임을 맡겼던 것이라 생각해. 그 아이들을 만난 지 거의 30년이 다 되어 가는데, 나는 그때 우리 반 아이들 이름과 얼굴을 지금도 다 기억하고 있어.

우리 반 아이들을 예뻐하기는 했지만, 여러모로 서툰 담임이었어. 아이들이 대들고 반항하면 속상하기도 하고 화가 나기도 해서 학생들 앞에서 울기도 하고 사나흘 조회와 종례를 안 들어가기도 했어. 청소를 금방 마쳐서 물기가 흥건한 교실 바닥에 교과서를 내던지면서 화를 내기도 했고 말이야.

한번은 교실 대청소를 하는 날이었는데 지적 장애가 있는 호철이에게 교실 한쪽 벽면에 나 있는 신발 자국과 가벼운 얼룩을 물걸레로 슬쩍 닦으라고 말하고는 교무실에 갔어. 다른 선생님들과 이야기를 나누고 업무 처리를 하다가 늦게 교실에 갔어. 다른 학생들은 청소를 마치고 운동장에 나가서 뛰어놀고 있었고 교실에는 호철이 혼자뿐이었어. 내가 교실 벽면을 닦으라고 한 지 한 시간 이상 지나 있었는데, 호철이가 그때까지 벽을 닦고 있었던 거야. 얼마나 쉬지 않고 닦았는지 벽면에 칠해진 페인트가 다 벗겨져 시멘트가 드러날 정도였어. 호철이에게 미안해서 그날도 호철이 앞에서 울었어.

어쩌면 우리 반 열한 명의 마음보다 스물네 살 먹은 내 마음이 더 무르고 흐물거렸을지도 몰라.

2년을 그렇게 좌충우돌 지내고 다음 해에 농고를 떠나게 되었어. 내가 학교를 떠나게 되었다는 걸 우리 반 학생들도 알게 되었어. 2월 종업식 날, 교실에 갔더니 반장이 나에게 포장지에 싼 상자를 주더라. 우리 반 학생들이 주는 이별의 선물이었어. "선생님, 그동안 감사했습니다. 선물은 교무실에 가서 풀어 보세요." 하면서 말이야.

교무실에 와서 종이 포장지를 뜯어 보니, '과일나라'라는 브랜드의 화장품 세트였어. 상자 안에 각자 봉투에 넣은 열한 통의 편지가 들어 있었어. 지적 장애가 있는 호철이와 승기가 쓴 삐뚤빼뚤한 글씨에 맞춤법 다 틀린 편지도 들어 있었어. 반장의 편지에 있었던 내용은 지금도 기억하고 있어.

'선생님, 저희를 많이 예뻐해 주신 것 잘 알고 있어요. 감사합니다. 열심히 살게요. 나중에 꼭 찾아뵐게요.'

무슨 일이든 처음 시작하는 마음은 걱정도 두려움도 크게 마련이야. 처음부터 그 일에 능숙하고 노련하다면 더 이상한 일 아닐까? '처음'을 앞에 두고 걱정하고 있다면, 나의 첫 교사 생활을 떠올려 줘. 간단한 서류 분류조차 잘 못하고 학생들 앞에 서서 찔찔 울기도 하던 어설픈 초임 교사도 그 시간을 무사히 지나왔잖아. 아마 나보다 어설프기는 힘들 테니, 용기 내기를 바라.

　여유와 노련함이 부족한 '초짜'는 경력자와 비교할 수 없는 참신한 사고와 열정을 지녔어. 즐거운 시작을 바랄게.

지금이
최악이라고
여겨진다면

그해 겨울, 우리는 울릉도를 향해 가고 있었어. 포항에서 울릉도 가는 배를 타려고 경주에 들러서 하루를 보냈지. 내일 아침엔 내 생애 처음으로 울릉도에 가게 되겠구나. 동행하는 친구 은수, 준희와 나는 바람 잔뜩 넣은 풍선처럼 들뜨고 설렜어.

아뿔싸! 파도가 너무 거세서 내일은 배가 뜰 수 없다는 거야.

"그러면 모레는 떠날 수 있나요?"

포항 여객선 터미널에 전화해서 물었더니 "모레되어 봐야 알 수 있어요."라는 답이 돌아왔다. 경주에서 하루 더 놀 수밖에 없었지. 다행히 그다음 날 울릉도로 가는 배 '썬플라워호'를 탈 수 있었어. 그때 나는 스물여섯 살이었는데, 태어나서 그렇게 큰 배는 처음 타 봤어. 썬플라워호는 3, 4층짜리 건물만큼 큰 것 같더라고.

친구들과 좌석을 잡아서 앉았고, 드디어 배가 출항했어. 우리의 들뜬 마음에 배가 맞춰 주기라도 하는 걸까. 마치 바이킹을 탄 것 같았어. 의자에 가만히 앉아 있는데, 몸이 위쪽으로 슈웅 올라갔다가 슈욱 내려오기를 반복했어. 우리는 더 신이 나서 몸이 솟구칠 때는 "히야!", 내려올 때는 "우와!"를 내질렀어. 이렇게 신나게 네 시간 동안 배를 타고 울릉도에 가는 건가? 울릉도행 배가 아니라 놀이공원에 입장한 것 같은 기분이었어.

파도가 엄청 드높게 이는 겨울날이었던 거야. 옆 좌석에 앉았던 할머니가 우리를 쳐다보더니 혀를 쯧쯧 차며 한마디 하셨어.

"아이구, 조금 더 지나 봐."

이 말의 의미를 몰랐지. 아무것도 모르고 신났던

우리의 기분이 당황으로 뒤바뀌는 데에는 10분도 걸리지 않았어.

10분 이상 바이킹을 탄다고 생각해 봐. 당장 내리고 싶을 거야. 그때 내 기분이 그랬어. 배에서 당장 내리고 싶었어. 쉴 새 없이 널을 뛰는 배에서 멀미가 나기 시작한 거야. 은수와 준희, 나 모두 처음이었어. 장장 네 시간이나 큰 배를 타고 여행을 가는 일, 배에서 멀미가 나는 일, 모두. 속이 울렁거리기 시작했지만, 배에서 내릴 수도 없고 흔들리는 배를 멈출 수도 없었어. 어찌할 바를 몰랐어.

일단 선실 밖 실내 광장으로 나갔어. 큰 기둥을 끌어안고 있으면 덜 울렁거리려나. 벽에 바짝 기대서면 좀 나으려나. 쪼그려 앉으면 괜찮으려나. 어떻게 해도, 어떤 자세를 취해도 울렁거림과 흔들거림을 멈출 수가 없었어. 드디어 멀미의 절정에 이르렀어. 구토가 나기 시작한 거야. 흔들리는 배에서 휘청거리면서 화장실에 갔는데, 기가 막힌 풍경을 만낮어. 아주머니들이 주저앉아서 두 팔로 변기를 끌어안은 채 얼굴을 변기 안쪽을 향해 대고 있었어. 화장실 빈칸을 겨우 하나 구했는데, 우주의 큰 행운을 만난 기분이었어.

기어 나오다시피 화장실 밖으로 나왔는데, 은수가 커다란 파란색 쓰레기통을 끌어안고 주저앉아 있었어. 얼굴은 쓰레기통 안에 넣은 채 말이야. 나는 이렇게 말해 주고 싶었어.

"은수야, 얼굴 꺼내! 그거 쓰레기통이야!"

하지만 말을 할 수가 없었어. 입만 열어도 토할 것 같았거든.

급기야 화장실에서 토하다가 기절하는 아주머니 몇 분이 생겼어. 동행들이 기절한 아주머니의 두 팔을 잡아서 복도에 끌어다 놓았어. 우리도 벽에 기댄 채, 기둥을 끌어안은 채 정신이 점점 혼미해져 갔어. 그 상황에서 유일하게 다행이라 여긴 일이 있었어. 뭔지 알아? 그날 아침을 굶고 배를 탄 거였어.

위가 텅 빈 채 배를 탔으니 그나마 다행이었지.

그때 누군가 말했어. 선실에서 우리가 바이킹을 탄 듯 신나게 들떴을 때, 옆에서 혀를 차며 조금만 더 지나 보라고 말하던 할머니였어.

"여기 누워. 바닥에 누워. 그러면 괜찮아."

할머니는 이미 복도 한쪽에 누워 있었어. 바닥에 오물이 묻어 있거나 지저분한 건 전혀 문제가 아니었어. 멀미를 멈출 수 있다면 물구나무서기라도 할 상황이었거든. 그 말을 듣자마자 할머니 옆에 바로 누웠어. 아마 시체처럼 누웠을 거야. 오호, 신기하게도 울렁거림이 잦아들었어. 그대로 기절한 듯 잠이 들었어.

깨어 보니 울릉도였어. 바다가 흔들리는 방향에 내 몸을 맞췄더니 멀미가 멈췄어. 바다는 옆으로 흔들리는데 그 위에 세로로 서 있으려고 애를 쓰니 멀미의 대환장 파티가 일어났던 거지. 흔들리는 바다의 움직임에 맞춰 가로 방향으로 몸을 눕혔더니 멀미가 사라지더라고.

배에서 내리는 사람들을 보니 전쟁이라도 겪고
난 것 같았어. 옷차림은 후줄근하고, 눈은 퀭한데,
얼굴은 흙빛이거나 창백하고, 걸음걸이는 후들후들
했어. 아마 은수와 준희, 나도 마찬가지였겠지.

오후 2시쯤 울릉도 사동항에 내렸는데 그날 저녁
이 될 때까지 아무것도 먹을 수 없었어. 우리의 위
는 단 한 가지 음식만 허락했는데, 그건 '울릉도 호
박엿'이었어. 우리는 민박집 방에 병자처럼 나란히
누워서 호박엿만 입에 넣었어. 누워서 창밖이 어두
워지는 정도를 보며 울릉도에 저녁 시간이 찾아오
고 있다는 것을 느꼈어. 그때 누워 있던 준희가 이
런 말을 했어.

"우리, 울릉도에 왜…… 왔을까…….'

은수는 되물었어.

"집에 가려면 또…… 배 타야 하는 거니?"

다음 날이 되니 민박집 주인아주머니가 새로운

소식을 알려 줬어. 우리를 네 시간 동안 바이킹 태우다가 울릉도에 내려놓고 가 버린 썬플라워호가 울릉도에 안 온다는 거야. 파도가 드높아서 아마 내일까지는 못 들어올 것 같다는 소식이었어. 우리는 모레 울릉도를 떠날 거니까 괜찮겠지 싶었지만, 우리가 떠나야 하는 날에도 썬플라워호는 오지 않았어. 파도가 거세서 그다음 날에도 오지 않았어.

3박으로 계획했던 울릉도 여행은 5박을 넘어가고 있었어. 집에 전화해서 울릉도를 빠져나가지 못했다고, 여행비도 뚝 떨어졌다고 했더니, 그렇지 않아도 울릉도 여행을 위험하게 여겨 못마땅해하던 엄마는 "아예 짐을 싸서 집을 나가! 울릉도가 그렇게 좋으면 거기 살아!"라고 하더라. 그러고는 전화를 뚝 끊더라. 엄마는 곧 돈을 입금해 주기는 했어. 고맙게도 말이야. 그때 엄마는 섬에서 나오지 못하는 나의 안전을 무척 걱정했을 거야.

우리의 여행은 특별했어. 울릉도에 들어오는 교통편은 배밖에 없잖아. 5일 이상 배가 들어오지 않으니 섬에 새로운 사람도 없는 거야. 민박집 아주머니는 우리 이후로 예약했던 손님들이 못 오고 있으니, 어차피 빈방 놀리는 것보다는 사람 있는 게 낫다고 하면서 방값을 깎아 주었어. 우리는 민박집 방을 하나 빌렸는데, 다른 손님이 없어서 나머지 방두 개도 자유롭게 썼어. 하나는 TV 방으로 정하고 그 방에 셋이 모여 앉아 TV를 보고, 다른 하나는 빨래 방으로 정하고 그 방에 세탁한 옷을 널어놓고 말렸어. 남은 하나는 침실이었지.

같은 집에 일주일 머물다 보니 동네 핵심 멤버와 친분이 생겼어. 동네 파출소 경찰 아저씨와 안면을 트고 오면가면 인사도 하고 정담도 나눴어. 동네 슈퍼 아주머니와도 아는 사이가 되었지. 첫날 사경을 헤매며 먹던 호박엿에 정이 들어서 계속 호박엿을 사다가 먹었고, 덜 말린 오징어를 사다가 구워도 먹고 고추장에 볶아서 반찬으로 먹었어. 슈퍼 아주머니는 오징어볶음에 사용하라면서 여러 양념을 조금씩 덜어 주기도 했어.

영양가 높은 인맥도 생겼는데, 울릉도 택시 기사님이었어. 민박집 옆집에 사셨거든. 기사님이 우리 셋을 공짜로 태워 주기도 했어. 울릉도는 산길이 많아서 모든 택시가 사륜구동 차라는 것도 알려 주셨지. 동네 어린이들과도 친해져서 우리 민박집에 초대해 같이 놀기도 했어.

민박집 따뜻한 방바닥에 누워서 까무룩 잠이 들다가 생각했어.

'나 이러다가 집에 못 가고 울릉도에 살게 되는 거 아닌가…….'

4일째부터 매일 울릉 우체국에 갔어. 내 고향 춘천으로부터 멀리 떨어진 울릉도에서 그리운 사람들에게 엽서를 썼고 보고 싶은 마음을 담뿍 담아 우체국에 걸어가서 엽서를 부쳤어. 여행자 기분을 무척 즐겼지.

우리가 울릉도에 살게 된 지 8일째 되던 날, 드디어(?) 썬플라워호가 들어왔어! 집에 가게 되어 조금 기뻤지만 뱃멀미에 대한 공포가 찾아왔어. 오후 2시쯤 출발하는 배였는데 아침부터 굶었어. 멀미로 인한 구토 참사를 예방하는 특단의 조치였지. 또 배에 타자마자 좌석에 앉지 않고, 누울 자리를 물색했어. 울릉도로 올 때 뱃멀미하지 않는 비법을 할머니에게 전수받았잖아. 어차피 멀미는 날 거고, 그럴 거면 아예 처음부터 누워 가자는 작전을 짠 거지. 진짜 영리하지? 벽에 매달린 TV 아래가 가장 아늑하고 깨끗해 보이더라. 셋이 그 아래 배낭을 베고 나란히 누웠어. 그러고는 스르르 잠이 들었어.

시간이 얼마나 지났을까. 잠에서 깨어 부스스하게 일어났는데 좌석에 우아하게 앉아 있던 100여 명의 사람들이 일제히 우리를 쳐다보는 거야. 울릉도에서 빠져나오는 바다는 얌전했어. 그러니 사람들은 우아하고 조용하게 좌석에 앉아서 전면의 TV 화면을 보다가 그 아래에서 부스스한 몰골로 일어나는 우리를 신기하고도 이상한 눈빛으로 쳐다보고 있었던 거지. 아무튼 멀미 없이 포항에 도착했어!

울릉도 여행은 최악이었어. 말로 표현하기도 힘든 뱃멀미를 경험했고 울릉도에 도착해서 하루는 환자처럼 누워 있었고, 여행비가 동이 나도록 일주일도 넘게 외딴섬에 갇혀 있었으니 최악의 여행이라 할 만하지.

하지만 난생처음으로 주민처럼 살아 보는 여행을 했어. 동네 사람들과 오가며 인사를 나누는 사이가 되고, 동네에 '아는 어른'과 '아는 어린이' 들이 생겨서 그들 덕을 입고 같이 놀기도 했어. 일주일이나 울릉도 길을 걷다 보니, 눈이 부시게 푸른 바다와 얼굴이 아플 정도로 거세게 불어오는 바닷바람, 오랜 시간 센 바람을 맞고 맞다가 몸이 휘어진 채 벼랑 끝에 아슬아슬하게 누운 듯 서 있는 나무, 이런 것들에 눈길을 주고 어여삐 여기게 되었어. 어쩌면 최고의 여행을 한 셈인가.

지금 최악의 여행을 하고 있다면, 여행이 아니더라도 그 무엇이 계획대로 진행되지 않는 상황에 있다면, 나의 울릉도 여행을 생각해 줘. 최악은 최고와 통할 수 있어. 계획이 일그러진 시간이 뜻밖의 풍경과 즐거움을 준비하고 있거든.

내가
마음에
들지 않는다면

해가 질 무렵은 늘 가슴이 울렁거렸어. 가슴이 울렁거린다는 것은 세상 어느 것도 익숙하게 다가오지 않는다는 뜻이야. 지느라 붉어진 태양, 어둑해지는 세상, 내 머리카락을 흔들며 부는 바람, 길가에 늘어선 풀과 나무, 그리고 '나'마저 낯설게 여겨져서 내 마음을 흔드는 시간인 거지.

쉽게 술렁거리는 마음은 '항상성恒常性'이 부족할 수밖에 없어. 호수나 들판처럼 안정되어 있지 못하고 바다의 거센 파도처럼 흔들흔들한 마음은 수시로 변하게 마련이지. 감정 기복이 심한 사람, 변덕스러운 사람이 나를 표현하는 말이었어. 조금 과장해서 말하자면 돌아서면 감정이 변하고, 앉았다가

일어서면 또 기분이 달라질 수 있는 사람이었어. 그
야말로 '변덕이 죽 끓듯 하는' 사람이었어.

20대 때, 선배나 친구가 나에게 정기적인 모임을
하자고 하면 이런 생각을 했어.

'모임을 하게 될 그날, 내 기분이 어떨지 알고 미
리 약속을 정하지?'

약속 장소에 가다가 첫눈이 쏟아지면 목적지에
가지 않고 샛길로 새는 사람이 나였어. 대책 없지?

이런 감정의 기복과 변덕이 나의 개별적인 특성
이라는 생각을 못 했어. 마흔 살이 되도록 세상 사
람들이 다 나 같은 줄 알았다니까. 지구 위에서 살
아가는 모든 이들이 초저녁이면 가슴이 울렁거려
어쩔 줄 몰라 하는 줄 알았어. 세상 사람 모두, 눈이
내리거나 비가 쏟아지면 즉흥적으로 어디론가 샛길
로 빠지는 줄 알았어.

게다가 낯을 얼마나 가렸는지 몰라. 처음 만나는
사람과는 절대로 밥을 같이 먹지 않았어. 싫고 좋

음이 이유가 아니었어. 낯선 사람과 밥을 먹게 되면 밥이 입으로 들어가는지 코로 들어가는지 알 수가 없었어. 음식을 막 흘리면서 먹기도 하고 말이야. 그러니 낯선 사람과 밥을 안 먹었던 것이 아니라 못 먹었던 거지.

한번은 지인의 아버지가 돌아가셔서 조문하러 갔어. 혼자 가서 조문을 마치고 밥을 먹고 있는데, 조문객이 많아서 내 앞에 모르는 사람이 앉아서 밥을 먹었어. 모르는 사람과 대화 나눌 일은 없으니까 서로 관심 없이 밥만 먹었어. 뒤늦게 온 친구가 모르는 사람과 마주 앉아 밥을 먹고 있는 나를 보고 화들짝 놀라서 "어머! 현숙이 너, 웬일이야? 모르는 사람과 같이 밥을 먹다니!" 한 적이 있었다니까. 나의 낯가림은 주위에서 다 알 정도로 지독했어.

학교에서 독서 교육 업무를 맡았지만 나는 작가 초청을 못 했어. 처음 만나는 작가와 인사를 하고 대화를 하는 상상만으로도 당황스러웠어. 초청할 기회가 있어도 절대로 하지 않았고 하지 못했지.

지금은 어떠냐고? 지금은 조금 달라진 내가 되었어. '계기'가 찾아왔거든.

서른두 살 때였어. 그때 나는 강원도 홍천군에 있었는데, 지역의 선배 국어 교사인 한명숙 선생님이 이런 제안을 했어. 파울루 프레이리가 쓴《프레이리의 교사론》을 읽고, 만나서 이야기해 보면 어떻겠냐고. 정기적으로 계속 만나자는 제안이었더라면, 아마 나는 거절했을 거야. 정해진 일정을 따르면서 규칙적으로 만나는 것을 힘들어했으니까 말이야. 다행히 한 선생님은 한 번만 만나자고 제안했고, 한 번은 뭐 할 수 있지 하는 생각으로 흔쾌히 책 모임에 나갔어.

그 자리는 나의 첫 번째 경험이었어. 여러 사람이 같은 책을 읽고 대화하는 첫 번째 경험. 무척 재미있었어.《프레이리의 교사론》은 교육에 대한 책이라, 학교에서 느끼는 고민을 서로 나누고, 고민이 어떤 방향으로 나아가야 할지 함께 궁리하게 되었어.

"다른 책을 읽고 '한 번 더' 만나 볼까요?"

이렇게 한 번 더, 한 번 더, 이러면서 서너 번 독서 토론에 참여하게 되었어.

나는 '책 대화', 그러니까 독서 모임이라는 것에 푹 빠지게 되었어. 같은 책을 읽고 나누는 대화가 너무 흥미로웠어. 독서 토론이 있는 날은 아침부터 가슴이 막 두근거렸어. 마치 사랑하는 사람과의 약속 시간이 다가오는 것처럼 심장박동이 빨라졌어. 그 무렵을 생각하면 깜깜한 연극 무대에 보름달처럼 둥글고 밝은 조명 하나가 팍! 켜지는 것만 같아. 혼자 놀기 좋아하고 냉소적이었던 나의 세상에 색다른 조명이 하나 켜진 거지. 내 가슴을 설레게 하는 짜릿한 일을 서른두 살이 되어서야 드디어 만났어.

반년 정도 독서 모임을 했을 때였나.

'아, 이렇게 재미있는 일을 학생들과 함께해 볼까? 정말 재미있겠다!'

불현듯, 이런 생각을 했어. 그때가 2003년이었어. 내 생애 처음으로 학생 독서 동아리를 만들게 된 거야. 타인이 지시해서 만든 것도 아니고, 의무감으로 만든 것도 아니었어. 내가 해 보니 너무 재미있어서 이 재미있는 일을 학생들과도 하고 싶다는 뜨거운 마음이 전부였어.

고등학교 1학년 학생 네 명으로 모임을 짰어. 나림이, 혜영이, 소미, 미희와 제법 진지한 책들을 읽고 진지한 독서 토론을 했어. 진지함이 넘치는 모임이었어. 우리는 대학생들이 읽는 사회학 개론을 읽고, 홍세화 작가의 책들, 스콧 니어링의 책들을 읽었는데, 그중 홍세화의 《쎄느강은 좌우를 나누고 한강은 남북을 가른다》를 읽고 나눴던 대화가 지금도 기억나.

"선생님, 이 책은 거울 같아요. 한국이라는 사회를 프랑스라는 거울에 비추어 보는 책이라고 생각했어요."

"이 책을 만난 것은 제 인생의 행운이에요. 한국에서 살아가는 제 생활과 한국 사회를 객관적으로 바라보지 못하고 살아왔다는 것을 알았어요. '우물 안의 개구리'가 바로 저였어요. 이제라도 저와 한국을 조금이라도 객관화할 수 있게 되어서 정말 다행이에요."

"한국 사회가 일상뿐 아니라 정치와 경제 분야에서도 '정의'를 실현해야 한다고 생각해요. 권위주의적인 문화보다 개개인의 개성을 존중하는 한국이 되었으면 해요."

학생들이 한국 사회에 대해 이렇듯 진지한 말을 할 때, 내 등에 땀이 한 줄기 주르르 흘렀어. 교실에서 교과서로 공부할 때는 학생들을 어리게만 여겼어. 그런데 독서 토론을 해 보니 학생들은 한국 사회의 문제점을 날카롭게 바라보고 비판할 수 있는 성숙한 사람들이었어. 이들의 성숙함을 알아차리지 못했던 부끄러움, 이렇게 멋있는 사람들과 함께 공부하고 있다는 흥분으로 등에 땀이 주르르 흘렀던 거지.

2003년 이후, 어느 학교로 이동하더라도 학생 독서 모임을 만들었어. 독서 모임의 개수나 진행 형태는 다채로웠지만, 국어 교사라는 내 직업의 중심이 생긴 거지. 그 중심은 '학생 독서 모임'이었어. 독서 모임을 좋아하고 나서, 내가 좋아하는 일을 만나고 나서, 비로소 나는 내 직업을 좋아하게 되었어.

교과서로 공부할 때도 글을 읽어. 하지만 아무래도 교과서의 글은 평가를 염두에 두고 읽게 되잖아. 글을 읽고 시험을 봐야 하고 정답을 찾아야 하니까. 독서 모임에서 책을 읽을 때는 정답을 찾지 않아도 돼. 시험을 보지 않고, 등수를 매기지도 않아. 책을 읽고 어디에 밑줄을 치고 어떤 부분을 중요하게 생각하는지, 친구들과 어떤 대화를 나눌지, 자유야. 그저 마음을 활짝 열고 타인과 세상을 느끼면 되는 거지. 그래서일까. 독서 모임을 하는 학생들은 책을 통해 자신이 걸어갈 인생의 길을 무한대로 찾아 나가게 되더라.

사람은 쉽게 변하지 않아. 지금도 나는 여전히 타인에 비해 감정의 기복이 크고, 마음 안에 변덕을 기본으로 장착하고 있어. 낯선 사람 앞에서는 대체로 입을 다무는 편이지. 서른두 살 때 만난 독서 모임은 내 인생에 번쩍! 친 번개였어. 번개가 친 이후 삶의 방향이 조금 달라졌어. 정기적인 모임을 할 수 있게 되었고 심한 낯가림도 조금씩 나아졌지. 지금은 학교에서 작가 초청도 할 수 있어!

그렇다고 해서 어떤 성향이 더 좋고 나쁘다는 뜻이 아니야. 지금의 자기를 '고정固定된 형태'로 여기지 않았으면 좋겠어. 변화하는 것이 인간이라는 존재의 본질이야.

인생이 계획대로만 흘러간다면 어떨까. 20년 뒤, 지금 세운 계획 그대로 살아간다면 어떨까. 만족스러울 수도 있겠지만 재미없지 않을까. 다행히 인생은 계획대로 흘러가지 않더라. 미래의 시간에, 지금의 내가 예상하지 못한 뜻밖의 내가 '나'를 기다리고 있더라고. 더구나 자기 마음을 설레게 하는 일을 만나면, 내가 어떻게 달라질지 나 자신도 알 수 없거든.

낯선 환경에
적응이
안 된다면

나는 쉰 살이 되어서야 처음으로 혼자 살아 봤어. 물론 잠깐씩 혼자 거주할 기회는 두어 번 있었지만 본격적으로 살림을 갖춰 혼자 살아 본 건 처음이었어. 마흔아홉 살까지 늘 동거인이 있었던 것은 그저 자연스러운 일이었어. 뭐 특별한 선택이 아니었다는 뜻이지. 집에서 대학에 다니다 보니, 근무하는 학교가 집에서 멀지 않은 곳이다 보니, 결혼한 이후엔 남편과 살다 보니, 혼자 살 기회가 없었어.

쉰 살이 되었을 때, 집에서 거리가 조금 먼 지역 그러니까 내가 살아 본 적 없는 삼척에서 근무하게 되었어. 삼척은 여행 삼아 두 번 가 본 것이 다였어. 본격적으로 혼자 살게 된 것은 처음이었는데, 나는

'나'를 독립적이고 자유로운 영혼을 지닌 사람이라 여겨 왔거든. 혼자 살 기회가 없어서 그렇지, 혼자 살게 되면 무척 잘 살 거라 예측했던 거지. 낯선 고장으로 짐을 싸서 떠나는 내 마음은 설렜어. 드디어 1인분의 삶을 살아 보게 되었구나. 나만의 홀가분한 시간을 즐길 수 있게 되었구나. 앗싸.

예상과는 달랐어. 일단 밤에 잠을 자지 못했어. 낮에 일하고 생활하다가 밤이 되면 몸이 나른하고 졸려야 정상이잖아. 밤새 몸과 정신이 말똥말똥한 날이 많았어. 가족이 없는 낯선 환경에서 잠도 제대로 자지 못하는 사람이었던 거지.

또, 내가 혼자 있는 시간에 익숙하지 않은 사람이라는 것도 알게 되었어. 혼자 있어도 안정된 정서로 자기 생활을 영위하는 사람들도 많잖아. 나는 이게 잘 안되더라고. 혼자 있을 때는 불안하고 마음이 그다지 편안하지 않았어.

삼척에서 혼자 살았던 3년의 시간은 내가 독립적

이고 자유로운 영혼을 지닌 사람이 아니라는 것을 여실히 확인하는 시간이었어. 사람에 대한 낯가림만 심한 줄 알았는데 환경에 대한 낯가림도 그에 못지않은 사람이었어. 삼척에서 제대로 잠을 자기까지 1년 이상은 걸렸으니까 말이야.

하지만 삼척에서의 시간이 나에게 준 선물이 있었어. 그건 '한껏 예민한 마음'이었어.

사람은 누구나 낯선 환경에 처하게 되었을 때 몸과 마음 모두 예민해져. 예민해진다는 것은 나와 만나는 외부의 모든 물상을 평범하지 않게 감각한다는 뜻이야. 생전 처음 가 보는 외국의 어느 마을 음식점에 혼자 앉아 있다고 상상해 봐. 음식점의 간판과 실내 정경, 주인의 표정, 다른 손님들이 주고받는 말의 억양과 목소리, 메뉴판의 디자인, 이런 모든 것이 각별하게 여겨질 거야. 심지어 식당의 냄새와 온도까지 내 몸과 마음의 최전선과 만나게 돼.

예민하게 감각하다 보면 외부를 섬세하게 관찰하고 미세한 것까지 느끼게 될 거야.

삼척에 갔던 첫날은 2월 26일이었어. 짐을 대충 풀고 저녁 7시 무렵에 시장 뒷골목까지 걸어가는데 2월치고는 매섭지 않은 공기였어. 그 온화한 공기를 지금도 정확하게 기억하고 있어. 몸과 마음이 동시에 기억하고 있어. 내 고향 춘천은 주변이 산과 물로 둘러싸인 분지여서 겨울은 늘 냉랭하거든. 내 고향과는 사뭇 다른 공기였어.

배가 고파서 시장까지 간 거였는데, '금성 식당'이라는 작은 음식점이 있기에 큰 기대 없이 들어갔어. 신발을 벗고 방에 들어가야 했는데, 자리에 앉으니 눈에 보이는 풍경이 전부 흥미로웠어. 식당 주인인 머리가 새하얀 할머니와 새우처럼 등이 굽은 할아버지가 얼마나 닦고 매만져 놓았는지 모든 것이 반듯반듯 놓여 있고 반질반질 윤이 났어. 처음 만나는 할머니가 나에게 왜 밥을 혼자 먹고 다니냐 걱정을 해 주고, 방석 꼭 깔고 앉으라고 그래야 따뜻하다고 할아버지는 세 번씩이나 당부를 하시더라. 대구탕을 먹었는데, 신김치를 넣고 심심하게 끓인 국에 대구를 풍덩 넣은, 시원하고 수수한 맛이었어.

삼척의 고등학교에서 작은 바닷가 마을에 사는 학생을 알게 되었어. 인구가 500명도 안 되는 작은 마을이었어. 그 학생이 어려서부터 바닷가 바람을 맞으면서 살아온 이야기를 들려줬어.

"어려서부터 바다에서 놀았어요. 동네 오빠들과 바다에 다이빙해서 골뱅이와 성게를 잡으면서 놀 때 가장 즐거웠어요. 학교 가려고 집을 나서면 사람보다 먼저 바다와 만났어요. 동네 어른들이 잡은 문어로 만든 음식은 너무 맛있어요."

학생이 들려준 이야기는 내게 낯선 나라의 낯선 사람들의 이야기처럼 특별하게 여겨졌어. 같은 강원도지만 나는 내륙에서 태어났고 산을 보면서 사랐거든. 바다는 가끔 여행 가서 만나는 곳인데, 바닷가에서 태어나고 자란 사람의 이야기는 낯설고도 아름답게 들렸어. 그 학생의 이야기를 듣는 내 표정은 아마 세상에서 가장 신기하고 흥미로운 이야기를 듣는 얼굴이었을 거야.

지나고 생각하니 그때 내 마음은 '맨 마음'이고 팽팽하게 당겨진 마음이었어. 아무 가식도 없는 마음. '삼척'과 '나' 사이에 아무런 장애물도 없어서 둘만 오롯이 전면적으로, 하지만 가장 내밀하게 만나는 마음. 특별할 것 없던 식당을 세상에서 가장 특별한 식당으로 느끼고 세밀하게 감각하고 기억하는 마음, 바닷가에서 태어나고 자란 평범한 이야기를 아름다운 이야기로 새겨듣는 귀가 되었던 거지. 어쩌면 세상엔 특별한 게 없을지도 몰라. 무엇인가를 특별하게 여기는 '마음'이 있는 것이겠지.

낯선 고장에서의 3년은 나에게 '한껏 예민한 마음'을 선물했어. 내 마음은 마치 활이 팽팽하게 당겨진 현악기 같았어. 주위의 작은 움직임에도 흔들리고 반응하는 마음이었어. 이런 마음이 삼척에 대한 글을 쓰게 했어. 그 글을 모아 《변두리의 마음》이라는 책을 냈지.

　지금 낯선 환경에서 편안하지 않게 지낸다면, 더구나 외롭다면 이렇게 생각하면 어떨까. 내가 지금 한껏 예민한 마음을 선물받고 있구나. 내 예민한 마음으로 감각하는 특별한 세상은, 오직 나만 느낄 수 있는 거구나. 나는 지금 아주 특별한 시간을 통과하는 중이구나.

덕질에
빠졌다면

추석 때였어. 집에서 깨송편을 먹으며 놀다가 가족이 틀어 놓은 TV를 무심히 보고 있었어. '복면가왕'이라는 프로그램이었고 연이어 가왕을 차지한 '우리 동네 음악대장' 특집이었어. 음악대장이 'Don't cry'를 부르고 있었는데, 스르르 빠져들었어. 그 순간, 주위의 모든 것이 지워지고 음악대장 얼굴만 크게, 아주 크게 클로즈업되었어. 이것이 무언가에 빠져드는 현상이라면, 난 제대로 빠진 거였어.

이날부터 음악대장 하현우 '덕후'가 되었어. '덕질'을 시작하게 된 거야. 일단 수면 시간이 대폭 줄었어. 하루에 서너 시간밖에 자지 못했어. 하현우 노래를 찾아서 듣느라, 또 인터넷에서 하현우에 대한 여러 정보를 수집하느라 하루에 네 시간 이상 잘수 없는 생활을 시작하게 되었어. 태어나서 처음으로 팬 카페에 가입도 했어.

수면 시간이 부족하면 정신이 몽롱하고 몸이 좀 흐물거려야 하잖아. 덕질에 빠진 신체는 아무리 잠을 못 자도 항상 지나치게 활기가 넘쳤어. 머리와 마음에 환하고 노란 전구를 백만 개쯤 켠 듯했어. 거울을 볼 때마다 신기하더라. 내 얼굴에 윤기가 흐르고 생기가 넘치더라고.

처음에는 하현우에 대한 관심으로 시작했지만 곧 하현우가 속한 '국카스텐'이라는 그룹의 음악을 뜨겁게(사실은 미치게) 좋아하게 되었고 그룹 멤버들마저 좋아하게 되었어. 특히 국카스텐 1집에 반하고 또 반했어. 기괴한 열정이 뜨거운 아스팔트처럼 끈끈하고 어둡게 흐르다가 폭발해 넘쳐흐르는 음악이 낯설고 놀라웠어. 내가 가장 좋아한 노래는 '파우스트'와 '붉은 밤'이야.

당연히 밤낮을 가리지 않고 국카스텐 앨범만 들었지. 주위에서 반응이 오기 시작했어. 가족들이 미치려고 했어. 국카스텐 노래가 차분하거나 조용하지 않고 좀 세고 요란스러워서 그런가. 듣기 부담스러워하더라고. 이제 제발 그만 좀 듣자, 정신 사납다는 아우성이 빗발쳤어.

당시 나의 직장 사무실은 두 명이 근무하는 작은 공간이었어. 허보영 선생님과 함께 지냈는데, 나와 독서 교육을 같이하고 같이 노는 동료이자 친구였어. 덕분에 사무실에서도 틈틈이 작은 블루투스 스피커로 국카스텐 노래를 들을 수 있었어. 하루는 허보영 선생님이 화장실에 갔다가 사무실 문을 열고 들어오면서 "고장이 난 넌 서랍을 뒤적거리며 잠을 청할 약을 꺼내고……." 노래를 부르더라. 국카스텐의 '비트리올'이라는 노래였어. 내가 국카스텐 노래를 들을 때마다 허보영 선생님은 이렇게 말했어.

"선생님, 어쩌다가 이렇게 이상한 밴드를 좋아하

게 되었어요? 진짜 특이하다니까."

"선생님은 국카스텐 싫어요? 너무 매력적이지 않
아?"

"제 취향은 아니에요. 저는 솔직히 싫어요."

내 물음에 이렇게 답하던 사람이 국카스텐 노래를
무의식적으로 흥얼거리게 되는 지경에 이른 거야.

나는 학교도서관을 맡고 있었는데 그날 도서관에
국카스텐 노래를 잔잔하게 틀어 놓았어. 국카스텐
은 어느 한 곡도 잔잔하게 감상할 수 없는데 잔잔한
척하면서 틀었어. 아은이가 나에게 다가오더니 물
었어.

"선생님, 이 음악 누가 튼 거예요?"

조용해야 할 도서관에 적절하지 않은 음악이라고
항의하는 건가.

"어……, 내가 틀었는데…… (소심하게) 끌까?"

"(강하게)아뇨! 선생님, 혹시 국카스텐 좋아하세
요?"

"응. 좋아해! 너무 좋아해!"

"와우! 제 주위에서 국카스텐 좋아하는 사람 처음 봐요!"

이렇게 아은이와 나는 만나게 되었고 국카스텐 팬이라는 서로의 정체성을 알게 되었어. 이때부터 매일 아은이와 만났어. 만나서 나눈 대화 주제는 오 직 하나였지. 국카스텐! 같이 국카스텐 노래를 들었 어. 아은이가 국카스텐에 대한 다양하고 새로운 정 보를 나에게 주었고, 나는 거금을 들여 종종 사들이 는 국카스텐 굿즈를 아은이에게 나눠 주었어. 아은 이와 나는 '우리'가 되었고 덕질을 공유하는 친구가 되었어.

덕질에 돈이 많이 들더라. 덕질에 빠져 있는 시간 에는 돈을 많이 쓴다는 것을 전혀 인식하지 못해. 덕질에서 빠져나온 뒤에야 알게 되지. 마치 내가 버 스에 타고 있을 때는 버스 외양의 색을 모르고 버스

안의 공기를 객관적으로 인식하지 못하는 것과 같아. 버스에서 내리고 난 뒤 버스가 저만치 멀어지는 걸 보면서 비로소 알게 돼.

'아, 내가 탔던 버스가 진한 초록색이었구나.'

'아, 그 버스의 공기가 바깥보다 달콤했구나.'

당시는 내가 덕질에 돈을 많이 쓴다는 것을 전혀 인식하지 못했어. 일단 국카스텐 굿즈가 나오면 나오는 대로 다 샀어. 망토도 사고 모자, 가방, 버클, 스티커, 티셔츠와 점퍼까지 샀지. 돈을 쓴다는 인식 대신 국카스텐 굿즈를 얻었다는(득템했다는) 기쁨만 있을 뿐이었어.

덕질의 하이라이트는 콘서트 참석이잖아. 국카스텐이 전국 투어 콘서트를 할 때 나도 전국 투어를 하다시피 했어. 다른 이유 없이 오로지 국카스텐 콘서트만 보기 위해 서울, 부산, 원주, 대구, 대전에 갔어. 한번 갈 때마다 티켓비, 교통비, 먼 곳은 숙박비까지 들었던 것을 생각하면 미치지 않고서는 불가

능한 일이었어.

티케팅과 관련한 미담(?)이 있어. 수업에 들어가서 한번은 티케팅이 참 어렵더라는 말을 학생들에게 했어.

"예매 시작되고 순식간에 앞자리가 다 매진되더라. 나도 하현우 씨 얼굴 좀 가까이에서 보고 싶은데……."

"선생님, 저희가 도와드릴게요!"

학생들이 자신감 넘치게 말했어. 자기들이 빛의 속도로 티케팅을 하고 알려 줄 테니, 잡은 좌석 중에 마음에 드는 좌석을 선택해서 얼른 입금하면 된다는 '비밀 작전'이었어. 그 작전은 성공했지. 부산 콘서트에서 하현우 얼굴을 드디어 코앞에서 볼 수 있었어. 얼굴이 콩알만 하더라.

지금도 국카스텐 덕후냐고? 아니. 지금도 가끔, 1년에 두세 번 정도 국카스텐 노래를 들으며 감탄하고 전율을 느끼지만 덕후는 아니야. 미치게 좋아하지는 않으니까. 이미 국카스텐이라는 버스, 뜨거운 마음이 꽉 찼던 버스에서 내렸어. 내가 타고 온 버스를 물끄러미 바라본 지 오래되었어. '덕심'이 식은 계기를 말하지는 않을래. 하현우에게 여자 친구가 생겼을 때 바로 다음 날 내 덕심이 차갑게 식었던 일은 절대로 말하지 않을 거야.

인생에서 '덕질'의 시간이 자주 오지는 않아. 덕질도 교통사고와 같아서, 또 연애와 같아서 예측할 수 없고 막을 수도 없어. 덕질의 시간은 어쩌다 찾아오는 우연, 의도하지 않았는데 발생하는 우연, 행운에 가까운 우연이 아닐까. 우주적인 힘으로 집중하는 시간. 현실적인 계산 없이 순수한 열정으로 불타오르는 시간. 밤을 새워도 100퍼센트 충전된 핸드폰처럼 몸과 정신이 생생한 시간. 주위 사람들의 비난과 만류에 전혀 신경 쓰지 않는 시간. 일상의 모든 것이 덩달아 다 즐거워지는 시간. 덕질의 시간은 이런 시간이야.

짧은 만남이
아쉽다면

지난여름, 어떤 길고양이와 우연히 몇 번 마주쳤어. 그러다가 고양이와 나는 만나면 인사를 나누는 사이가 되었어.

"야옹아, 안녕?"

"냐아앙~"

"오늘 또 만났네."

"냥~"

"오늘 하루도 잘 지내!"

"냐앙~"

이 고양이를 알게 되면서, 나의 산책은 점점 의도를 지니게 되었어. 그것은 고양이를 만나는 깃이었지. 고양이에게 줄 간식을 하나 챙겨서 산책을 나서

게 되었어. 여러 차례 만나면서 고양이를 부르는 애칭이 생겼는데, 만남의 횟수가 늘수록 애칭의 개수도 하나둘 늘어났어. 말 잘하는 고양이, 연예인 고양이, 관종 고양이 등으로 말이야.

　말 잘하는 고양이의 활동 구역은 아파트 산책길의 팔각정 일대였어. 팔각정 근처를 걸으면서 "야옹아, 말 잘하는 야옹이 여기 있니?" 부르면, 근처 수풀 속에 있다가 수풀을 헤치고 "냐아옹~" 대답을 하면서 길가로 걸어 나왔어. 말 잘하는 고양이는 나를 향해 천천히 걸어오면서 대화를 했어.

　"야옹아, 잘 지냈어?"

　"냐아오옹~"

　"오늘 식사는 잘했어?"

　"냐아오옹~"

　"요즘 지내기 괜찮아?"

　"냥~"

　고양이 말뜻을 알 수는 없었지만 내 말에 응대를

하는 것만은 분명했어. 그래서 '말 잘하는 고양이'
라는 애칭을 붙였어.

어떤 고양이가 말을 엄청 잘한다는 이야기를 언
니에게 해 주었어. 나보다 아홉 살이 많은 내 언니
는 어이없다는 듯이 피식 웃으면서 "아휴, 고양이가
무슨 말을 해?" 하더라.

언니가 우리 집에 놀러 왔던 날이었어. 동네를 설
렁설렁 걷다가 고양이를 만났어. 사실은 고양이를
언니에게 소개할 수 있지 않을까 하는 의도를 가지
고 산책을 했던 거였어. 고양이가 풀밭에 엎드려 있
다가 나와 눈이 마주치더니 작은 소리로 "야옹" 하
면서 나에게 다가왔어. 내가 아는 척을 하기도 전에
고양이가 먼저 나를 아는 척한 거야. 나를 향해 걸
어오는 내내 야옹야옹, 냥, 냐아옹, 수다스럽게 야옹
거리는 고양이를 본 언니가 혼잣말을 하더라.

"고양이가 말을 엄청 잘하네."

언니마저 인정했지.

고양이는 낮에 풀밭에서 놀다가 저녁이 되면 팔각정 안에 들어가 긴 나무 의자에 앉아 있었어. 고양이가 팔각정에 입장하는 시간은 저녁 8시 전후로, 거의 일정했어. 규칙적인, 예외 없는 등장이어서 '출근'이라 부를 만했어.

저녁 8시쯤, 고양이 출근 시간에 맞춰서 나는 산책에 나섰어. 팔각정에 다가갈수록 내 마음은 살짝 긴장되었어. 말 잘하는 고양이가 오늘도 팔각정에 출근을 했을까? 우리는 오늘도 만날 수 있을까? 이런 마음이었어.

고양이는 팔각정 의자 위에 앉아 있거나 엎드려 있다가, 내가 "야옹아!" 부르면 "양~" 하면서 의자에서 뛰어내려 내 곁으로 다가왔어. 누런빛의 꼬리와 몸으로 내 종아리를 스윽 비비면서 내 주위를 한 바퀴 돌았어. 기분이 묘했어. 사실 나는 동물과 교류하는 것에 익숙하지 않은 사람이거든. 개나 고양이의 몸을 쓰다듬어 본 것은 다섯 손가락으로 셀 수 있을 정도야. 세상에 존재하는 어떤 생명체와 우호적인 감정을 주고받는 기분이 이런 건가? 나쁘지 않은 기분이었어.

그럴 때 얼른 쪼그려 앉아서 고양이와 시선의 높이를 맞추라고, 딸이 알려 주었어. 내가 쪼그려 앉아 있으니, 고양이는 내 앞에 와서 눕기도 했어. 내가 엉덩이를 두드려 주면 하늘을 향해 꼬리와 엉덩이를 높이 추켜들더라. 잘은 모르지만 기분이 좋다는 뜻 같았어.

어느 날 팔각정을 향해 걸어가는데 어떤 사람의 목소리가 들렸어.

"아유, 야옹아. 너무 귀엽네. 사진 찍을까?"

"야아옹~"

또 어떤 날은 내가 고양이 엉덩이를 두드려 주고 있는데, 지나가는 동네 주민이 이런 말을 하더라.

"그 고양이가 사람을 엄청 잘 따라요."

알고 보니 나만 고양이와 친한 게 아니었어. 동네 주민 모두가 고양이와 친했어. 그래서 나는 '연예인 고양이'라는 이름으로 고양이를 부르게 되었어. 나만의 고양이인 줄 알았는데, 알고 보니 만인의 고양이였던 거지.

어떤 날은 고양이가 아예 산책길 한가운데 나와서 엎드려 있거나 누워 있었어. 사람들이 아는 척하기를 바라고 큰길에 나와 누워 있는 것 같더라고. 그래서 '관종 고양이'라는 이름까지 붙여 주게 되었어.

고양이와 내가 사귀는 사이도 아닌데, 많은 사람에게 관심을 받고 많은 이들과 친한 고양이에게 서운한 감정도 살짝 생겼어. 그래도 고양이가 좋았어. 만인의 애인이어도 괜찮고 동네 연예인이어도 상관없었어. 고양이와 나의 관계가 묵직하지 않기 때문에 집착이 생기지 않았던 것이겠지. 동네 숲과 아파트 단지 어딘가에 사는 동물이, 지구에 사는 어떤 존재가, 나를 아는 척하고 나와 대화하는 것 자체가 새롭고 낯선 경험이었어. 즐거운 일이었어.

　고양이를 만났던 계절은 여름이었어. 대체로 짧은 반바지나 치마를 입고 고양이를 만났는데, 한번은 집에 와서 보니 종아리와 허벅지에 벌레한테 물린 것 같은 빨간 자국이 스무 곳도 넘게 생겼더라. 어라, 왜 이러지? 고양이를 만지고 고양이가 나에게 몸을 문지를 때 고양이 털에 살고 있던 자그마한 벌레들이 나를 향해 돌격했던 건 아닐까.

　이 사실을 알게 된 이후, 고양이를 덜 찾아갔어. 고양이를 향한 나의 감정은 딱 그만큼이었던 걸까. 벌레의 공격을 받을까 봐 겁나서 더 이상 찾아가지 않는 만큼의 마음.

　날씨가 선선해지고 세상 벌레들의 활동이 소강상태라 여겨졌을 때 다시 고양이를 만나러 팔각정 근처에 갔어. 하지만 '고양이'는 없었어. 더러 보이던 다른 고양이들도 안 보이더라. 지인의 말에 의하면 날씨가 차가워지면 고양이들은 겨울을 대비해 주거 지역을 옮기는 것 같다고 해.

가을비가 세차게 내리고 나더니 아파트 숲길은 낙엽 천지야. 계수나무 아래에 서면 설탕을 졸이는 것처럼 달콤한 냄새가 진동해. 깊은 가을이 된 어제 저녁도 팔각정 근처를 걸으며 자그마한 소리로 불렀어.

"야옹아. 말 잘하는 야옹이 여기 있니?"

대답도 없고 고양이도 없었어.

고양이와의 만남도 시절 인연이었던 걸까. 약속을 정하고 만났던 적은 없었지만 한때 고양이에게 마음을 조금 주었어. 분명해. 고양이를 만나러 일부러 산책을 했고, 만나면 기뻐서 가슴이 살짝 두근거렸으니까. 고양이 머리를, 몸통을, 엉덩이를 만질 때 느껴지던 뜨듯한 체온, 살아 있는 생명체의 덩어리 느낌, 그 부피감을 내 손이 구체적으로 기억하고 있어.

깊고 진득한 인연이어도, 또 잠시 마음을 나눈 짧은 인연이어도, 모든 만남과 인연의 정해진 순서는 이별이야. 고양이와 많은 시간, 진득한 시간을 보낸 것은 아니었지만 내 마음에는 '희미한 자국'이 남게 되었어. 우리 사이에 어떤 마음이 오갔고, 잠깐의 시간에 서로를 향해 눈빛을 보냈으니, 그 시간과 마음이 자국을 남긴 것이겠지.

지금은 겨울이야. 고양이가 추운 겨울을 무사히 보냈으면 좋겠어. 내년 봄 벚꽃 하얗게 필 무렵, 팔각정 근처를 산책하다가 "야옹아, 여기 있니?" 하면, 고양이가 "냥~" 하면서 봄 수풀을, 봄꽃을 비집고 나타나 슬그머니 내게 다가오면 좋겠어.

우리의 삶에서, 다정한 마음을 잠시 나누는 짧은 만남은 많아. 고양이와의 만남은 묵직하지는 않았지만 가벼웠고 다정했어. 고양이와의 이별은 처연하지는 않았지만 고양이의 안녕을, 또 고양이와의 재회를 진심으로 바랐어.

묵직하지는 않지만 가볍고 다정한 만남, 작은 인연들이 세상에 많아지면 어떨까. 작은 다정함이 모이고 모여 세상을 조금 더 따뜻하게 만들 수 있을 것 같아. 그것이 바로 작은 다정함의 위대한 힘이겠지?

살아갈 힘이
약해져 있다면

집에 새 두 마리가 있어. 사실은 '있었어'. 사랑앵무라는 종種인데, 몸집이 어린이 주먹보다 작아. 머리는 딱 달걀노른자야. 머리 크기, 색, 생김새가 삶은 달걀을 깠을 때 볼 수 있는 노른자와 똑같아. 깃털 색은 연두와 하늘색이 섞인, 작고 귀여운 새야.

두 마리 새는 11년 전, 딸의 친구 집에서 태어나 알을 깨고 세상에 나왔어. 그 집에서 우리 집에 분양해주었어. 새들이 우리 집에 처음 왔을 때는 아기 새여서, 마룻바닥을 아장아장 걸어 다니다가 쭉 미끄러지기도 하고 뭐가 뭔지 잘 모르는 것처럼 어리바리해 보였어. 이름을 띨이, 빵이라고 지어 준 배경이야. 국어사전에서 '띨빵하다'를 찾아보면 '둔하고 어리석

다'라는 뜻이 나와. 행동이 굼뜨고 어리숙한 아기 새의 모습이 웃기고 귀여워서 하나는 '떨이', 다른 하나에게는 '빵이'라는 이름을 지어 주었어.

떨이와 빵이 덕분에 많이 웃었어. 새들은 거실에서 지냈는데 어떨 때는 방으로 날아 들어가서 사람 눈에 띄지 않는 곳, 예를 들면 커튼 자락 뒤나 옷장 위에 태연한 표정으로 숨어 있는 거야. 그 모습에 웃었어. 또 책상 앞에 앉아 공부하는 딸의 어깨 위에 앉기도 했어. 그 모습이 마치 무슨 공부 하는지 궁금해 어깨너머로 책을 들여다보는 것 같아서 웃음을 터뜨렸어.

새들은 먹는 물과 씻는 물을 구별하지 않고 살더라. 새장 안의 물통에 부리를 넣고 물을 먹다가, 가끔 그 물통 안에 들어앉아 있는 거야. 사람이 욕조에 물을 받아 놓고 그 안에 몸을 담그고 있는 것처럼 말이야. 오랜 시간 앉아 있는 것이 아니라 일고여덟 번에 걸쳐 물에 들어갔다가 나오기를 반복해.

새 나름의 목욕 방법이었던 거지. 자그마한 새들이 목욕하는 모습을 볼 때마다 엄청 웃었어.

앵무새지만, 말을 하지는 못했어. 하지만 자기 의사를 분명하게 표현할 때가 있어. 저녁 10시가 넘으면 단호하고 큰 소리로 "짹짹짹!!! 째재재짹짹!!!" 울어. 그건 자기가 잘 시간이 되었으니 조명을 끄라는 뜻이야. 형광등을 끌 때까지 그 작은 몸으로, 끝도 없이 울어. 우리는 하하하 웃으면서, 하던 일을 다 중지하고 거실 불을 꺼 주었어. 새들의 취침권도 소중하니까.

또 모이통을 새장 밖으로 꺼내면 한바탕 난리가 나. 우리가 모이통을 꺼낼 때는 오직 통에 모이를 새로 넣어 주기 위한 거거든. 사람의 의도는 모르고, 자기 밥통을 약탈당하기라도 한 듯 절박함과 위기감이 느껴지는 소리로 "짹짹짹!!! 째재짹!!" 울었어. 이럴 때 가족과 나는 새들과 의사소통을 하는 것 같고 교감하는 듯했어.

두 마리 중, 띨이가 4년 전에 먼저 세상을 떠났어. 세 시간 정도 몸을 부르르 떨고 바닥에 앉아 있다가 금세 숨이 끊어졌어. 이렇게 작은 새는 치료해 주는 병원도 거의 없고, 짧은 시간을 앓다가 세상을 떠난다고 하더라고. 어떻게 손을 쓸 새도 없이 세상을 떠났어. 눈물이 났어.

띨이가 떠난 뒤, 빵이가 외롭지는 않을까 걱정했지만 새의 외로움 여부를 사람이 알 수 없었어. 빵이는 새장 안에서, 또 거실을 날아다니면서 혼자 살았고, 1년 전부터는 예전처럼 활기차게 날아다니지 않았어. 새가 10년 정도 산 것을 사람에 빗대어 생각하면, 누릴 수 있는 수명을 거의 다 누린 거라 하더라.

어느 날 아침에 빵이가 두 다리 중 하나로만 서 있었어. 자세히 보니 한쪽 다리를 횃대에 내려놓다가 들고, 내려놓다가 다시 들고를 반복하더라고. 다리뼈에 이상이 생긴 것 같았어. 주위에 치료 방법을 물어보니 너무 작은 새여서 달리 치료 방법이 없다고 하더라.

다음 날은 괜찮아지기를 바랐는데 다리 하나로 서 있는 시간이 일주일 이상 지속되었어. 나는 새장 앞에 쪼그려 앉아서 속엣말을 했어.

'저러다가 기운이 빠져 죽을 수도 있겠구나.'

체력이라고 할 만한 것을 저장할 몸집이 못 되니까. 더구나 11년째 살고 있는 '노인 새'니까 말이야.

다리 하나로 서 있으니 새장 밖에 나오는 건 꿈도 못 꾸고, 새장 안에서도 이동이 자유롭지 못했어. 2층 횃대에 앉아 있다가 1층으로 내려가거나 모이통으로 이동할 때, 새장 안의 놀이터인 사다리 쪽으로 이동할 때, 요란스러웠어. 날아서 이동하는 게 아니라 거의 뛰어내리는 듯 날개를 요란스럽게 푸드덕거리면서 이동해야 했으니까 말이야. 무척 안쓰러웠어.

3주 정도 지났을 때였나. 아침에 새장 안을 들여

다보니 빵이가 천연스럽게 두 다리로 횟대 위에 서 있었어. 횟대에 내려놓지도 못했던 다리를 달싹달싹 들었다 놓았다를 반복하면서도 다리를 살그머니 횟대에 내려놓고 있더라고.

눈물이 찔끔 났어. 회복할 힘이 도무지 있을 것 같지 않은 자그마한 몸뚱이를 가진 생명체가 살기 위해 '안간힘'을 쓴 것이, 그 마음이 전해졌어. 새장 안에서조차 이동이 어려웠고, 보름 이상의 기간을 한 다리로 몸을 지탱하고 서 있기가 힘들었을 텐데 살아남기 위해 애를 썼구나. 빵이가 있는 힘을 다했구나. 자기 삶에 최선을 다했구나. 이런 생각이 들었어.

빵이에게 새로운 이름을 붙여 주었어. 불사조不死鳥 라고 말이야. 사실 지난겨울에도 빵이의 생명이 아슬아슬하게 느껴졌던 시간이 두 번 정도 있었거든. 몸을 부르르 떨고, 고개를 옆으로 돌려 몸통 깃털에 처박고 온몸의 깃털을 풍선처럼 부풀린 비정상적인 모습을 보였어. 한 줌도 안 되는 몸으로 생명의 위기를 서너 번 이겨 내고 의연하게 살아남았으니 '불사조'라 할 만하지.

나는 회복한 빵이를 존경하게 되었어. 그리고 살아 있다는 것의 의미를 생각하게 되었어. 살아 있다는 건 숨이 이어지고 있는 거야. 들숨과 날숨으로 세상에 자기 존재를 증명하는 거지. 살아 있는 생명체는 신성한 의무를 지녔어. 그건 힘껏 살아 내는 거야. 몸과 마음이 평안할 때는 힘껏 신나게 살아야 하고, 몸과 마음에 어려움이 찾아왔을 때는 힘껏 '애'를 써야 하는 거야.

참새만큼 작은 새 빵이도 참 많이 애를 썼어. 봄에 피어나는 꽃들을 열한 번째 보게 되었으니 말이야. 우리가 발 딛고 서 있는 지구는 자기 삶에 힘껏 애를 쓰고 있는 생명체들로 꽉 차 있는 게 아닐까. 이 힘으로 지구는 숨을 쉬고 있는 게 아닐까. 지구를, 지구 위의 모든 생명을 존경하게 되었고, 그건 작은 새 빵이가 나에게 준 가르침이었어.

2024년 6월 4일. 퇴근하고 집에 갔더니 빵이가 새장 밖 거실에 폭 엎드려 있더라. 숨이 끊어진 채······. 서너 번의 고비를 넘기고 삶을 누리던 빵이는 세상을 떠났어. 숲을 찾아가 어느 나무 아래 빵이를 묻어 주었어.

빵이, 자기 삶에 최선을 다한, 장한 새. 편히 잠들길 바라. 우리에게 많은 웃음을 주어서 고마웠어. 잘 가. 언젠가 다시 만나.

지금의
의미를
알고 싶다면

그해는 지독한 불면증에 시달렸어. 내가 사는 고장을 떠나서 근무하게 된 해였어. 집을 떠나 살게 되어 그랬을까.

자다가 이제 아침이겠지? 하고 눈을 뜨면 잠든 지 겨우 한 시간이 지나 있곤 했어. 밤에는 말똥하고 낮에는 해롱거리기 일쑤였어. 잠이 얼마나 중요한지 알게 되었다니까. 잠이 사람의 감정에도 지대한 영향을 끼치더라고. 잠을 못 자니까 기분 좋은 날이 별로 없었어. 1년을 그렇게 살고 보니 병원에 가서 수면제 처방을 받아야겠다, 그래야 살 수 있겠다고 생각하게 되었어.

어느 날, 전화가 왔어. 내가 사는 지역 근처에 위

치한 소년원에서 1년 동안 국어 수업을 해 보지 않겠냐는 제안이었어. 소년원에 머무는 학생들 중 중학교를 마치지 못한 학생들을 위해 국어 수업을 여는데, 이 학생들이 중학교를 졸업하는 데에 도움을 주는 수업이라 하더라고.

'소년원'이라는 말에 망설여졌어. 소년원은 사회에서 범죄를 저지른 청소년들이 모인 곳이잖아. 험악한 인상의 청소년들이 모여 있을 것 같았고 교사 말을 전혀 듣지 않을 것 같았어. 당장 마음을 정하기 힘들어서 "일단 생각해 볼게요." 하고 전화를 끊었어.

그런데 전화를 한 사람과 나 사이에 의사소통이 잘 이루어지지 않았나 봐. 다음 날, 직장에 출근했더니 직장 동료들은 내가 소년원에 국어 수업을 하러 가는 것으로 알고 있더라. 국어 수업을 제안한 사람이 그렇게 말했나 보더라고. 서현숙 선생님이 소년원 국어 수업을 하기로 했다고.

나는 귀찮은 걸 좀 귀찮아하는 편이야. 그 상황에서 사실은 그게 아니라 어쩌고저쩌고하는 해명을 해야 하는 게 귀찮게 여겨졌어. 그래, 집 가까이에 가서 잠이나 좀 자자. 소년원 수업에 대한 결심보다는 나의 불면증을 어떻게든 해결해야겠다는 결심으로 소년원 수업을 결정한 거야. 수업이야 어떻게든 되겠지 뭐, 이런 심정이었어.

소년원 국어 수업에서 만난 청소년들은 10대 후반의 대여섯 명 정도였어. 다들 짐작하겠지만 그 아이들은 사회에서 누군가에게 해를 끼치고 그 대가를 치르느라 소년원에 격리되어 있었어. 나쁜 짓을 저지른 아이들이니까 아마 책을 좋아하지 않을 거고 책을 읽자는 내 말을 듣지도 않을 거야, 하는 마음으로 시작했어.

그런데 아이들은 조금씩 책을 읽고 또 책을 조금씩 좋아하게 되었어. 자기들이 읽은 책의 작가님을 교실에 초청해서 이야기를 듣기도 했어. 작가님 주위에 옹기종기 모여서 집중해서 이야기를 듣고 질문을 많이 하는 청소년 독자들이었어.

이상하지? 누군가에게 가해자였을 청소년들이 책을 읽고 책을 좋아하는 모습이 잘 연결되지 않지? 자기가 저지른 범죄에 대해 적절한 대가를 치르는 것은, 사회에서 필요한 일이야. 하지만 그 아이들이 벌을 받고 난 이후의 시간을 생각해 본 적 있니?

소년원에 있는 청소년들은 영원히 그곳에 있지 않아. 그 아이들은 반년에서 1년 뒤 다시 사회로 돌아와. 우리의 이웃으로 또는 친구로 만나게 될 수도 있는 거지. 그 아이들이 어떤 이웃, 어떤 친구로 돌아왔으면 좋겠어? 당연히 자기 삶을 건강하고 따뜻하게 사는 이웃으로, 친구로 만나고 싶겠지.

아직 스무 살도 되지 않은 청소년들이 어떤 어른으로 살기를 바라고 있는지 우리의 마음을 생각해 보면, 소년원 청소년들이 책을 읽고 책에 실린 이야기에 감동을 받고 자기 마음을 보살필 수 있는 것은 정말 다행스러운 일 아닐까.

사실 나는 매시간 충격에 휩싸이다시피 했어. 반항적일 거라고 생각한 아이들이 시를 열심히 외워서 나에게 검사를 받고 내가 칭찬하면 기뻐하는 모습, 같이 책을 읽고 작가와의 만남을 설레는 마음으로 준비하고 기다리는 모습은 충격이면서 감동이었어. 내 마음 안의 고정관념이 와르르 무너지는 시간이었어.

이런 수업 이야기를 누군가에게 쏟아 내고 싶었는데, 그 수업을 하던 해에 '누군가'가 없었어. 평일은 교육청 사무실에서 근무했는데 교육청은 교육행정을 담당하는 기관이다 보니 나처럼 학생들과 수업을 하는 동료가 없었어. 그러니 내가 만난 학생들이 '놀랍다'는 이야기를 할 대상이 없었어. 일주일에 한 번 소년원 수업을 갔는데, 세 시간의 수업이 끝나면 바로 소년원 밖으로 나가야 했어. 그러니 소년원에 근무하는 직원들과도 학생들을 화제로 대화를 나눌 수 없었지.

그해에 나는 외로웠어. 교사에게 수업은 가장 크고 중요한 일인데, 수업의 희로애락을 같이 이야기하고 마음을 나눌 동료가 없었으니까. 그 수업이 외로운 일이 될 거라는 예상은 전혀 하지 못했어. 그저 집으로 돌아가면 불면증에서 벗어날 거라는 예상과 학생들이 수업에 비협조적일 거라는 빗나간 예상만 했던 거야.

외로운 일이면서 놀라운 일이었던 나의 수업 이야기를 SNS에 조금씩 올렸어. 물론 학생에 대한 개인 정보는 모두 바꿔서 올렸지. 평소 내가 글이나 사진을 올리면 '좋아요'가 대여섯 개 정도였거든. 소년원 수업 이야기를 올리면 '좋아요'가 서른 개도 넘었어. SNS 친구들은 댓글로 내 수업이 잘되기를 응원해 주었고, 계속 수업 이야기를 들려 달라고 요청하기도 했어. 내 수업 이야기가 책이나 영화로 만들어졌으면 좋겠다는 바람을 전해 주었고 또 어떤 친구는 나에게 돈을 주기도 했어. 소년원 학생들에게 책을 사 주라는 부탁이었어.

석 달 정도 수업 이야기를 올렸더니, 다섯 개 출판사에서 나에게 연락했어. 내 수업 이야기를 책으로 내고 싶다는 제안이었어. 처음엔 내 이야기를 책으로 낼 생각이 전혀 없었어. 시시한 이야기고 사소하고 평범한 수업 이야기라 생각했거든.

하지만 수업을 계속하면서, 어쩌면 사람들이 가진 고정관념에 균열을 낼 수도 있겠다는 생각을 하게 되었어. 소년원에 있는 청소년들은 구제 불능일 거라 생각하는, 나와 같은 세상의 어른들에게 나의 고정관념이 무너지는 모습을 보여 주고 싶었어. 소년원에 있는 청소년들이 얼굴 없는 범죄자가 아니라 인생의 한때 잘못을 했지만 자기 인생을 다시 세우고 싶어 하는, 자기 삶을 바꾸고 싶어 하는 '사람'

일 수도 있다는 것을 보여 주고 싶었어. 그리고 이런 이야기를 하기에 내가 적절한 사람이라는 것을 알게 되었어.

이렇게 해서 세상에 나온 책이 《소년을 읽다》야. 소년원 국어 수업을 했던 1년은 나에게 특별한 해였어. 현실 세계에서는 관심과 호응을 얻지 못하는 외로운 일이었는데 누군가의 응원과 격려 덕분에 힘을 내서 이 일을 이어 나갈 수 있었어.

SNS 친구들이 보내 준 응원보다 더 큰 응원이 있었어. 바로 수업에 참여하는 학생들이었어. 조금 과장해서 말하자면, 교사 생활 20년 하면서 학생들로부터 받은 칭찬보다 더 많은 칭찬을 1년 동안 다 들었어.

"선생님 덕분에 세상에 재미있는 책이 많다는 것을 알게 되었어요."

"선생님 덕분에 책을 좋아하게 되었어요."

"선생님은 제가 만난 선생님 중 가장 친절한 분이
세요."

나는 평범하거나 평범함에 조금 못 미치는 교사
야. 소년원 학생들이 세상으로부터 격리되어 있다
보니, 내가 수업에 들이는 소소한 노력과 작은 친절
을 크게 여겨 주었어. 학생들이 나에게 보낸 칭찬과
응원의 힘으로, 그해 외로운 수업을 밀고 나갈 수
있었어.

평소 나는 개인주의적 성향이 강한 사람인데 사
람에게 사람이 얼마나 든든한 존재인지 알게 되었
어. 사람이 누구에게 위안을 얻게 될지 미리 알 수
없다는 것, 또 거기에는 어떤 공식도 없다는 것을
알게 되었어. 사람은 사람의 힘으로 살아가더라. 우
리는 이 사실을 수시로 잊어버리지만, 틀림없는 사
실이야.

지금의 삶이 불안하게 여겨질 때가 있어. 내가 잘하고 있는 걸까? 내 노력과 시도가 어떤 의미가 있는 걸까? 내가 이렇게 살아도 괜찮을까? 이런 불안과 의심에 빠질 때 있잖아.

내가 살아가는 '지금'이 어떤 의미가 있는지 '지금' 알기는 힘들더라. 소년원 수업을 했던 1년의 시간을 건너오면서 알게 되었어. '지금'이 조금 지나가야 알 수 있더라고. 소년원 국어 수업을 하는 시간엔 그 시간의 의미를 알기 어려웠는데, 그 시간이 조금 흘러 지나간 뒤에 지금의 의미를 알게 되었어. 그 시간이 내게 전하는 뜻을 이제야 알게 되었어.

지금을 살아가는 사람의 '태도'가 어떠해야 할지 조금은 감이 왔어. 아, 지금을 살아가는, 지금만 살 수 있는 사람이 할 수 있는 최선의 일은 오늘을 즐겁게, 정성 들여 사는 거구나. 오늘에 정성을 들이고, 오늘 만난 사람들과 웃으면서 오늘을 걸어야겠구나.

오늘이 흰 눈처럼 차곡차곡 쌓인 뒤에야 비로소 '오늘'의 의미를 알 수 있어.

미래의 독자들에게

지난해 2월, 저는 근무 지역과 학교를 옮기게 되어 강원도 양구군에 있는 양구여자고등학교로 발령을 받았습니다. 양구여고 학생들을 아직 만나지 못했을 때였어요. 3월이 되어야 만날 수 있으니까요.

마침 그때는 이 책의 원고를 쓰기 시작할 시기였습니다. 누구를 이 책의 독자로 설정해야 할까 고민했어요. 구체적인 독자를 설정해 놓고 글을 쓰면 글이 잘 써지는 까닭이었죠. 잠깐 고민을 하고는, 나의 보라색 수첩에 이렇게 적었습니다.

'양구여고에서 만날 학생들'

이 글씨에 분홍 펜으로 동그라미를 크게 치고 적었습니다.

"이게 좋겠다!"

아직 만나지도 않은 양구여고의 학생들에게, 미지의 독자들에게 내 이야기를 들려주는 기분으로 몇 편의 글을 썼습니다. 잘 쓰려고 애쓰지 않았어요. 제가 하고 싶은 이야기를 정확하게 쓰려고만 노력했습니다. 교훈적인 이야기는 쓰고 싶지 않았어요. 제가 훈계를 하는 것도 듣는 것도 싫어할뿐더러, 제가 훌륭한 어른이 아니라는 것을 잘 알고 있거든요. 솔직한 이야기를 쓰고 싶었어요. 특히 스스로 부끄럽게 여겨서 타인에게 털어놓지 못했던 이야기를 쓰고 싶었습니다. 멋진 인생 이야기가 주는 교훈도 있지만 못나고 부끄러운 이야기가 주는 위안과 힘도 있다고 생각하니까요.

서너 편의 글을 써 놓고는 더 쓰지 못하고 있었어요. 무슨 이야기를 더 해야 할지 난관에 봉착한 거지요. 4월 초순의 봄날이었어요. 문학 수업을 하다가 문득 제가 '미래의 독자, 미지의 독자'를, 지금 교실에서 만나고 있다는 것을 깨달았어요. 지난해 2월에 얼굴도 몰랐던 양구여고 학생들을 독자로 설정하고 글을 썼으니 말입니다.

용기를 내어 양구여고 2학년 1반 학생들에게 물어보았습니다.

"내가 청소년이 읽을 작은 에세이 책을 내기로 했어. 만약 너희들이 책을 읽는다면 어떤 이야기를 듣고 싶어?"

보경이는 첫사랑 이야기를 듣고 싶다고 했어요. 원경이는 저의 첫 교사 생활 이야기를, 예서는 양구 학생들과 생활한 이야기를, 수진이는 저의 실패한 연애 이야기를, 서연이와 수빈이는 가장 행복했던 때의 이야기를 듣고 싶다고 했습니다. 학생들이 말해 준 것을, 저는 신나서 수첩에 받아 적었어요. 그러고는 학생들이 듣고 싶다고 한 이야기를 하나씩 글에 풀어놓았습니다. 미래의 독자를 현실에서 만났고, 독자들의 생생한 요청이 글을 마저 쓸 수 있는 원동력이 된 셈이에요.

이 작은 책은 이렇게 완성되었습니다. 책의 크기도 작지만, 책에 실린 이야기도 작은 것만 같아요. 제가 50년 정도 살아 보니(꽤 많이 살았죠? 휴우……), 인생은 정답이 없고 정해진 길도 없다는 생각이 들더군요. 계획대로 진행되는 것도 아니고요. 또 인생은 길 곳곳에 우리가 예상하지 못하는 즐거움, 뜻밖의 선물을 제법 많이 숨겨 놓았어요. 길이 끊겼다고 생각될 때는 어김없이 새로운 길이 시작되고요. 외로워서 울고 싶을 때는 나를 격려하고 칭찬하는 응원군을 만나게 되어요.

그러니 지금, 난처한 마음을 지녔을지도 모르는 그대여, 자기 몸과 마음을 잘 보살피면서 인생이 준비한, 하지만 절대로 미리 알려 주지 않는 선물을 기대하고 찾으면서 신나고 즐겁게 앞으로 걸어가세요.

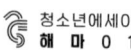 청소년에세이
해 마 0 1

난처한
마음

2025년 4월 25일 처음 찍음

글 서현숙 | **펴낸곳** 도서출판 낮은산 | **펴낸이** 정광호
편집 조진령 | **디자인** 소요 이경란 | **제작** 세걸음

출판 등록 2000년 7월 19일 제10-2015호
주소 10881 경기도 파주시 회동길 216, 202호
전화 02-335-7365(편집), 02-335-7362(영업)
팩스 02-335-7380
홈페이지 www.littlemt.com
이메일 littlemt2001ch@gmail.com
인스타그램 @little_mt2001
제판·인쇄·제본 상지사 P&B

ⓒ 서현숙 2025

ISBN 979-11-5525-177-5 43810